深淵と浮遊
現代作家
自己ベストセレクション

takahara eiri
高原英理［編］

講談社文芸文庫

目次

読み解き「懺悔文」 伊藤比呂美 七
女がひとり、海千山千になるまで 小川洋子 二七
愛犬ベネディクト 高原英理 五五
ブルトンの遺言 多和田葉子 六九
胞子 筒井康隆 九一
ペニスに命中

瓦礫の陰に　古井由吉　一三九
いろいろ　穂村弘　一六九
のぼりとのスナフキン　堀江敏幸　二一九
逆水戸　町田康　二三五
間食　山田詠美　二七九

解説　高原英理　三一七

深淵と浮遊　現代作家自己ベストセレクション

読み解き「懺悔文」

女がひとり、海千山千になるまで

伊藤比呂美

伊藤比呂美

一九五五年東京都生まれ。詩人。青山学院大学文学部卒業。七八年現代詩手帖賞、九九年『ラニーニャ』で野間文芸新人賞、二〇〇六年『河原荒草』で高見順賞、〇七年『とげ抜き 新巣鴨地蔵縁起』で萩原朔太郎賞、〇八年同作で紫式部文学賞。他の著書『たそがれてゆく子さん』『切腹考』『犬心』『日本ノ霊異ナ話』『続・伊藤比呂美詩集』『たどたどしく声に出して読む歎異抄』『閉経記』など。

人間も、五十年以上生きておると、いやなことが多い。人じゃなくとも、木やカメも、五十年以上生きておるらしいから、さぞや沢山のいやなことを、さんざん見聞きしてしまうのだろうなあと思うのである。

いやなことは、ときに「される」が、ときには「する」。「した」場合に、それは「された」ときよりも心にこびりつき、あたしを悩ませる。単純な作業中に、まさにそういういやなことは、泡ぶくのように、脳裏に浮かびあがってくる。植物に水やりをしているとき。台所で、三十年来作りつづけている食べ物を作っているときなど。

この頃は、人というより、海千山千になりはててしまったあたしである。それがふと、吹く風にでも反応したように、遠くに聞こえる救急車のサイレンでも聞き取ろうとしているかのように、きゅうりを刻む手をとめて、赤面し、口に出して何かをつぶやくことで、振り捨てようとしたものがある。それはすべて、即席のまじないなのだ。

今日はとりあえず「I really don't care」と言ったけど、昨日は同様の場面で「ほっといてくんないかなあ」と言ったし、その前は「なんだっていうのよまったく」だった。その前は、「Leave me alone already」と言った。このalreadyというところがミソである。これひとつで、両肩をたけだけしく下げおろし、悲哀感のこもるため息を同時に吐き、くるりと目を天に向けるという動作（すべて、あーやんなっちゃったという牧伸二の叫びにちかい）をつけ加えるかわりになるのである。

いずれもそこまで攻撃的なつぶやきではない。むしろ揉み手して下手に出て、腰を引いて、できるなら悶着は避けたいがという表情を前面に押し出して、悶着のほうから行きすぎてもらいたい……という風情ではある。

なぜ英語かというと、それで日常を暮らしているからだ。

すごくなまってるし、読み書きは不得手だが、あたしは、とりあえず、英語ぺらぺらなのである。

ことばというものは、どんなになまっていても、声に出すと意味が重たい。その重たさにひきずられ、「イワンの馬鹿」に出てくる悪魔のように、地面に吸い込まれていきそうになる。そして穴だけになる。

穴だけになったら、どうなるのだろう。

海千山千《あたし》としてはこの穴が問題であった。穴こそ、人生の問題であったといってもいい。穴があくにしてもあかないにしても。いい穴にしてもわるい穴にしても。

あたしはこのごろ「ちくしょう」と言う。

海千山千の前身は、親の言うことをよく聞く女の子だったので、そんなことばは使ったこともなければ使ってるのを聞いたこともなかった。しかしなんとなくそういうことばが存在するということは知っていた。いくつかある。そういうことばが。

英語で日常を暮らす中で、同居する男が、この男は家族の中では英語しかしゃべれない言語的マイノリティーなのだが、しょっちゅうののしり語を吐くのである。

Shit!

Damn!

Jesus!

と吐き捨てるたびに、空気が震え、ごおお、ごおおと音がする。耳を澄ませて聴いてみるとそれこそが瞋恚《しんい》の炎《ほむら》というやつだ。まるで竜が火を吐くごとくである。

しかしそこに何がしかの効果はある。どれも短いことばなので、瞋恚の炎はちょっと燃えてすぐ消える。そのことばを吐くたびに、いやな気（英語でいうと、chi あるいは qi）

が抜け、何がしかの、ほんとに何がしかではあるが、消火作用がある。それであたしも、言いたいと思った。しかし英語は、自分の言語ではないから、なかなか言い出すことができない。

家の中では、成人した娘たちもまた、

Oh, my God!

What the hell!

Shit!

と、ときどき叫ぶ。

Fuck! と言ったときには、さすがに母親であるあたしが、それは悪いことばだそうだから、家の中では使わないようにしなさいと注意した。

年若い末っ子は、そこまで言う勇気がないので、少し丸めて、

Oh, my gosh!

What the heck!

Shoot!

などと叫ぶ。みながみな、それぞれの愛用するののしり語を持っている。

やはりあたしも、自分のを持とうと思った。それで見つけたのが、

「ちくしょう」

英語ののしり語にキリスト教的な背景があるように、仏教的な背景がしみじみと感じられることばだった。宗教的なタブーを冒して両足を踏ん張って立ち、何か言った気になるという目的のためには、ちょうど適当な翻訳であった。

短くて一息で言えるし、使い慣れないことばだから、意味を共感せずに、気軽に使える。それで、今では五分おきに「ちくしょう」「ちくしょう」とつぶやいている。「ちくしょう」とつぶやけばつぶやくたびに、身にふりかかった苦が、いや、苦は抜けない。こんなものでは苦が抜けるわけもないが、苦についてくる重たさが、少しずつ薄らぐ。薄らいでもまたすぐ戻るから、またすぐ言わなくてはならない。でも「ちくしょう」だ。短いからいくらでも言える。

この頃、好きなお経がある。

我《が》昔《しゃく》所《しょ》造《ぞう》諸《しょ》悪《あく》業《ごう》
皆《かい》由《ゆ》無《む》始《し》貪《とん》瞋《じん》癡《ち》
従身《じゅうしん》語《ご》意《い》之《し》所《しょ》生《しょう》

一切我今皆懺悔《いっさいがこんかいさんげ》

我れ昔より造りし所の諸《もろもろ》の悪業は、
皆無始の貪・瞋・癡に由る
身と語と意より生ずる所なり、
一切を我れ今皆懺悔したてまつる。＊1

かなり前、ネットで調べものをしていたときに、これに出会った。

姦淫の罪をおかした修行僧の話を書いていて、懺悔の心を語らせたくて、どんなことばがいいのか、探していたときだ。その修行僧は、生身の女相手に姦淫したのではなく、塑像相手に姦淫したのだった。もう村人に、姦淫の事実がバレてしまう、夜な夜な、塑像を抱いて射精していたことがバレてしまう、でもいいんです、わたしは愛していたのだから、と開きなおったところで、彼は、いったい何を言うか。探しもとめて、出会ったことばが、この中にあった。

これは、懺悔文《さんげもん》。もともとは華厳経《けごんきょう》という長いお経の一部分。読経をはじめる前に読む、準備体操のようなお経なのであった。準備体操として、仏に向かい、おおきい正しいものを前にしていると認識し、仏教の基本の因果応報ということも、じっくりと考え、そして、おのれの汚さ非力さを思い知る。どこの宗教にもある姿勢である。

あたしは、宗教的でない家に育った。父も母も、戦争ですっかり信心をなくし、高度成長期に消費主義に染まり、自分しか信じなくなり、都会の片隅で、お寺やお墓とは、とんとかかわりなく生きてきた。

母方も、父方も、親族の葬式のときには、禅宗のお坊さんが来た。どちらも、お墓は、禅宗のお寺にあるということだった。でも、母方の祖父も父方の祖父も、個人的には日蓮宗だったそうだ。先々代が、お坊さんと親しかったから、そこのお寺にお墓を建てたらしい、そこはたまたま禅宗で、と父方のほうは聞いた。母方のほうは、たんにおじいさんが日蓮宗を好きだったのよ、と。そしてその日蓮宗好きの祖父の妻、つまり祖母は、日蓮宗の修行をして、拝み屋になったらしいが、彼女がほんとうに信仰していたのは巣鴨のとげ抜き地蔵なのである。お墓に行ったら、あっちもこっちも加藤と伊藤で、うちのお墓がどれかみんなで迷った、わかんなくて帰ってきたというのは父方の話である。どこのだれも、真剣に、考えていないのであった。

考えぬまま、おじもおばもいとこも、何人も何人も死んだのに、かれらの葬式でさえ、過去四十年間、あたしは行ってない。非宗教的かつ非家族的なていたらくである。

つまり、今話題に上せたこの短いお経を、声で聞いたことはない。

生まれてはじめてお経というものをしみじみと聞いたのは、昔、若くて、結婚していて、婚家のお寺は岡山の山村の、「映画の『八つ墓村』をロケしたんじゃよ」というのが村人の自慢であるところにあり、若い嫁であったあたしは、まだ海千でも山千でも山手線でもなく、婚家とのつきあいも法事も、いやいや夫にひきずられ、山の上のお寺の板敷きの薄暗がりに座ったのである。お坊さんが入ってきて、読経を始めたとき、その声にあわせて、義理の叔母たちが、手に手に経本をひろげて、うつむいたまま、くぐもった声で斉唱をした。

あれは美しかった。

婚家への不満も嫁の地位改善への努力も忘れて、それに聞き惚れた。「般若心経」というのだと知り、東京に帰って、本を買って読んだ。それがお経となれそめであった。懺悔文を知るまで、それからまた、長い時間がかかった。

経本の何にひかれたかといって、あたしの場合は書かれた音だ。こうよみなさいと何も知らぬ人々に、教えしめすそのふりがなだ。

それはもう何語でもない。ことばですらないかもしれない。翻訳に翻訳をかさね、人の声に声をかさねて、実体のわからなくなってしまった音。そこに、人の心、悔いる心だけが残る。

見慣れない「貪瞋癡《とんじんち》」をしらべたら、もっと欲しいとむさぼる心、思いのままにならぬをいかる心、知ろうとしないおろかな心。「身語意《しんごい》」とは、からだとことばと意識である。「身語意」は、宗派によっては「身口意《しんくい》」だそうだ。しらべていく途中でそう知った。でも最初に見たネットのそこに「語」で書いてあったから、なんだか語のほうがしっくり来るような気がしてならない。ハイイロガンのひなの原理である。

懺悔をざんげと読むのは、近世以降、と辞書に書いてあった。

懺悔をざんげと読むのは、キリスト教の影響、と別の辞書に書いてあった。

ここでは「さんげ」と読む。

懺とは、心を小さく切り刻むこと、つらいのをがまんして心を切り刻んでくいること、と辞書に書いてあった。

無始というのは、始まりの無い、つまり、仏教の基本「縁」について考えるとき、いくらさかのぼってもキリがないほど大昔かられんめんとつづいている、という意味、と辞書に書いてあった。「トイ・ストーリー」で、バズ・ライトイヤーが叫んでいた「To infinity and beyond!」。あれは、もしかしたらこれかと思ったけれども、なんだか逆方向のような気がする。

訳してみる。

我《わ》たしが昔《むかし》から造《つく》りだしてきた所《ところ》の。
諸《い》ろんな悪業《あやまち》は。
皆《すべ》て、始《はじ》まりの無《な》い。
貪《むさぼ》り、瞋《いか》り、癡《おろか》さが由《もと》になり。
身《か》らだ、語《こ》とば、意《い》しきに従《よ》って。
生《うま》れる所《こと》に之《なっ》たのであります。
一切《きっぱり》と、我《わ》たしは今《いま》。
それらを皆《ひとつのこ》らず、懺　悔《こころをきりきざんでく》　いているのです。

今、いちばん心を切り刻むように思い出し、悔いてあやまりたいと思うのはU先生のこと。受けた恩は返せないくらいあった。ありがとうございますと言うたびに、「人生ってのはね、持ち回りだよ、そっくりそのまま若い人たちに返せばいいんだ」と先生はおっしゃった。先生が亡くなったとき、あたしはそこに行かなかった。亡くなる前も行かなかった。その頃、あたしは先生からずっと遠いところにいた。その頃、あたしは人生に立ち迷い、居場所もなくなり、子どもを抱えてあちこちさまよってい、子どももひきずりこんでしまった、守るべき子どもの居場所もなくなってしまったという思いの中でもがいていた。死ぬ人を思いやる余裕がさっぱりなかった。というのは言い訳。それでもときどき思い出し、心を切り刻んで悔いている。

あるとき、放浪のさなかに立ち寄ったニューメキシコの先住民集落の老女。人から人を介して、荒野の中の小さな家に、命からがら辿りついた。泊まっていけと言われ、言われるままに一泊させてもらって、ごはんを食べて話しこんだ。朝、そこを発って旅を続けた。日本に帰ってから、お礼の手紙を書かなくちゃと思いながら、いまだに書いてない。もう今は、生きてはいないと思う。それも、悔いてあやまりたい。

なんとかというアメリカの詩の雑誌から、寄稿してくれとメールが来て、返信するつもりだったが、英語は実に億劫で、一日また一日と延ばしているうちに、日にちが経って、一日また一日と日にちが経って、毎朝、今日は返事を書く、と思って起き出して毎晩、明日は書こうと思いながら寝る始末。その心がけが、重たくてたまらなくなってきた頃、「頼むから返事をくれ」というメールがまた来た。重たいというよりは怖ろしくなり、いしきてきに忘れてしまった。それもあやまりたい。同様に、出しそびれた何百通の年賀状の返事も。通信手段がメールになって、年賀状を書かずに済むようになったが、がしゃくの諸悪業は、かいゆー無始で、とんじんち。

忘れてはいけないことをいっぱい忘れた。忘れて、しなければならないことを、あれも、これも、しなかった。しなければならないということは、わかっていたのに、しなかった。目を瞑《つむ》った。見て見ぬふりをした。

すべて、癡、「おろかさ」による。

若い頃、妻子持ちの男とさんざん恋愛した。彼も苦しんだし、あたしも苦しんだ。彼の妻も泣かせて、あたしの両親にも心配させた。しかしわれわれはそのあと別れた。何もかも無駄であった。どうせ別れるのならなぜあそこまで行ったかということを悔いている。男は無責任で好色で野心的で、いや、あれだけセックスしたあとには何を言っても客観的にはなれないので、痛み分けだ。しかしたまに心を切り刻むと、悔いる以上に、無知と無頓着と向こう見ず、それからむやみやたらな欲望を持っていた自分が、悔しい。

この状態を作ったのは、かいゆーむしのとんじんちの中でも、貪、すなわち「むさぼり」である。

家庭を壊したことを悔いている。必要に迫られたとはいえ、そのあとにどれだけの苦が、家族全員に襲いかかってきたことか。みんなずたずたに傷ついて死にかけた。必然性はあったし、ときにはそういう危険に立ち向かうことも必要だと友人になら言えるが、なにしろ本人なので、悔いるしかないのである。

もっと欲しいとむさぼる心。

それに忠実なのが、「生きる」の基本である。いつもいつも、自分に正直に生きたいと思っていた。自分の心をごまかすことはしまいと。ごまかしはしなかったが、とうぜん、悔いねばならぬことは、おびただしくつきまとう。

歩いてきた道を振り返れば、死屍累々。

前の夫には、悔いてあやまりたいことは諸々あるけれども、今更あやまってもごちゃごちゃするだけなので、機会はあっても、たぶん決してあやまらないだろう。それはそれでいいと思う。

貪もあった。瞋もあった。つまり、もっと欲しいとむさぼる心と、思いのままにならぬをいかる心が、いつもあった。

娘たち。生んだことは後悔してない。一所懸命育てた。しかしちゃんとできてたかというと、できてない。いたらなかったところがある。やり残したところもある。思い出すのがバカバカしくなるくらい、たくさんある。実をいえば、それをいちいち悔いていたら、家庭がなりたっていかないのである。

今のあたしの状況は、他人が見たら、親を捨てたという状況。少なくとも年配の日本人で、そう思わない人はいないだろう。あたしはひとりっ子で、親が年老いているのに、その親からわざわざ離れて、アメリカくんだりまで子どもを連れて移住してきて、いらぬ苦労して、子どもにもいらぬ苦労させて、根まで生やし、今は、日本人というより日系人として生きている。

家族は、日本語のぜんぜんできないのが一人、かつがつしゃべれるのが一人、しゃべれるけど読み書きはできないのが一人、しゃべれて読めて書けるけど、読めるのは漫画限定で、書けるのはメモ書き限定というのが一人。かえって犬が、日本の犬程度の日本語を何不自由なくきちんと解す。英語も解す。これがほんとのバウリンガル。

で。

親は老いて、身寄りがない。あたしが太平洋を頻繁に行ったり来たりしているが、万事望むようにはいかないのである。老人から、「来てほしい」と電話がかかってくる。「いたくて、さびしくて、つらくて、くるしいから、そばに来てくれ」と。三日後には、そばに行ける。それが最短。老人性の頓死などしてごらんなさい。そばに行けるのは、告別式の朝だ。しかしあたしが長女であり、あたしが彼らの人生における唯一の責任者なので、あたしが行かないかぎり告別式は始まらない。遅れるということには決してならない。

親が年取るのは明白であった。若返ることは絶対に無いのであった。日本の文化では一人っ子の娘が、親を見ることになってるのだということを知っていたけど、骨身に沁みてなかった。日本から飛び出したら帰れないというのを見通せなかった。

むかし聞いた落語で、どこかの放蕩者が、おてんとさまと米の飯はついてまわるんだっといって飛び出した。いつの世にも、どこにも、いたのである、馬鹿が。

今はあたしがあの身の上だ。これもまた、がしゃくの、とんじんちの、癡、知ろうとしないおろかな心。

おろかさも、これだけ重なればりっぱな罪だ。毎日心を切り刻んで悔いている。まだある。でもこれから先は、公開の場ではとても言えないことだらけ。

××をだまし、××をだまし、××をだました。

××の××に、××して××で××であった。××には××であった。思い出すのもおぞましい。

××から帰る途中に××を××した。そのまま帰った。最低であった。

××した。最低であった。

××の××だった。最低であった。

××を××するのに、××の××した。どろぼうと同じだ。最低であった。

いろんなものを殺した。××も。××も。

それから捨てた、××を。

忘れた、××を。

怒った、××に。

怒りにまかせてののしりたおした、××を。

見栄を張った、××に。嘘ついた、××に。

見て見ぬふりをした、××を。見捨てた、××を。

妬んだ、××を。××をも。そして憎んだ。苦しくて悶えるほど。

××を××して××して××であった。われを忘れた。

××を××もした。××で懲りればいいのに、懲りずに××もした。最低であった。最低であった。最低であった。

××した。

××した。

××だった。

最低であった。

いっさい、がこん、がこん、がこん、かいさんげー。

「懺悔文」

わたしが
これまでに
なしてきた
いろんなあやまちは
はるかなむかしから
みゃく
みゃく
とつながる
むさぼる心・いかりの心・おろかな心
をもとにして
からだ・ことば・いしき
をとおして
あらわれて

きたものだ。
わたしはいま
きっぱりとここにちかう。
そのすべてを
ひとつ
ひとつ
心をきりきざむようにして
悔いて
いきます。

＊1　どこの宗派でも同じなんだろうけど、とりあえず『お経　真言宗』勝又俊教編著（講談社）より。

愛犬ベネディクト

小川洋子

小川洋子
一九六二年岡山県生まれ。作家。早稲田大学第一文学部卒業。八八年「揚羽蝶が壊れる時」で海燕新人文学賞、九一年「妊娠カレンダー」で芥川賞、二〇〇四年『博士の愛した数式』で読売文学賞、本屋大賞、『ブラフマンの埋葬』で泉鏡花文学賞、〇六年『ミーナの行進』で谷崎潤一郎賞、一三年『ことり』で芸術選奨文部科学大臣賞。他の著書『口笛の上手な白雪姫』『琥珀のまたたき』『最果てアーケード』『猫を抱いて象と泳ぐ』など。

「ベネディクトをお願い」

と、妹は言った。

「毎日忘れずに散歩をさせてね。外でしか用を足さないから」

迎えのタクシーが着いてからもまだ、妹は同じことを何度も繰り返していた。

「餌《えさ》は絶対にやりすぎないで。ドライフードを十五粒。いい？　十五粒よ」

「さあ、行こうか」

おじいちゃんが妹の体を抱きかかえるようにして言った。

「散歩と十五粒。約束してね。お願いだから、どうか……」

玄関で振り返り、彼女はもう一度念を押した。

「うん」

ぶっきらぼうに答える僕の手に、妹はベネディクトを握らせた。それは汗ばんで、じっとり湿っぽくなっていた。

「何の心配もいらない。すぐに帰ってこられるよ。盲腸なんて、おできみたいなものだ」

そう言いながらおじいちゃんは、パジャマや洗面道具の入った紙袋をタクシーに積み込んだ。

「じゃあね。お利口にお留守番してるのよ」

おじいちゃんの腕の中で体を丸め、タクシーの窓越しに、妹は最後までベネディクトに向かって手を振っていた。

こうして彼女は盲腸の手術を受けるため、町立病院に入院した。修学旅行にも部活動の合宿にも海水浴にも家族旅行にも縁のなかった妹にとって、これが生まれて初めての外泊だった。

「さてと」

二人を見送り、一人になった僕は、改めてベネディクトを見やった。妹の残した厳密なスケジュール表に従うならば、そろそろ午前中の散歩の時刻だった。

ベネディクトはブロンズでできたミニチュアの犬だ。種類は定かではない。ぽっちゃりとした胴体は淡いベージュで、垂れた耳と鼻のあたりだけが焦《こ》げ茶色をし、尻尾はお尻の上で丸まっている。所々塗料が剥《は》げ、覗《のぞ》いた地金がまだら模様のようになっている。四本脚で立ち、心持ち首を傾《かし》げ、丸い目を一杯に見開いて斜め前方に視線を向けているが、鼻先がほんの少し欠けているせいで、どことなく間の抜けた表情に見える。

妹が十四歳になった時、蚤《のみ》の市で見つけたこれをおじいちゃんがプレゼントした。

「まあ、何て立派な犬なの」

一目で彼女は気に入り、胸に抱き寄せたり頬ずりをしたり、人差し指で全身を撫《な》で回したりしたあとすぐに、ベネディクトと命名した。ただの古ぼけた人形のどこが立派なのか、僕にはよく分からず、その大仰すぎる名前を口にするのがいつでも気恥ずかしかった。しかし彼女は決してベネーやベニーといった略称を使うのを許さなかった。ましてや僕がつい油断して「そこの犬」などと口走ると、

「ちゃんとした名前があります。ベネディクトです」

と言って毅然《きぜん》と抗議した。

彼女はベネディクトを、勉強机に置かれたドールハウスの中で飼っている。一階玄関ホールを入ってすぐ右手にある居間の、手織り絨毯《じゅうたん》の上が彼の定位置だ。暖炉のそばで暖かく、安楽椅子に腰掛けた妹が手をのばせばすぐに撫でてもらえる場所に陣取っている。本当ならふかふかとした絨毯の毛足に埋もれ、丸くなってうたた寝でもすればもっと気持

がいいのだろうが、残念ながらそうはいかない。いつでも彼は立ったまま、欠けた鼻で斜め前方のにおいをかいでいる。

妹がドールハウスを作りはじめたのは、ベネディクトがやって来る半年ほど前、ちょうど学校へ行かなくなった頃のことだった。最初は物置に転がっていたベニヤ板の切れ端や角材を引っ張り出してきて糸ノコギリで切断し、接着剤でくっつけて箱状にしてゆくところからスタートした。やがて数個の箱はつながり合い重なり合いして一つの塊となり、屋根がかぶせられた時点で、ようやくおじいちゃんと僕はそれがどうも家らしいと理解した。ただしまだ先は長かった。壁には千代紙が貼られ、扉と窓がくり抜かれ、外壁はレンガ色の塗料で彩色された。と同時に椅子、ベッド、タンスといった家具の製作が進み、作業はどんどん集中力を要する細かいものになっていった。妹はほとんど一日中、部屋に閉じこもっていた。

ものも言わず、時にご飯を食べるのも忘れ、ただひたすら何かしらを作り続けている妹を前にし、僕たちはどうすることもできなかった。丸まった背中も無造作に束ねた髪の毛もまぶたも、体中すべてが静止しているのに、ただ指先だけが絶え間なく動き続けていた。作品の姿は見えなくても、十本の指がほんの小さな空間で、ささやき合うように楽器を奏でるように動いているさまを目の当たりにすると、到底こちらの都合で中断させるわけにはいかないという気持にさせられた。

　この家をこしらえるのに忙しくて彼女は学校を休んでいるのだろうか。ならば工作が完成すればまた学校へ行くのだろうか。おじいちゃんと僕はひそひそ声で話し合ったが、結論は出なかった。

「デリケートな年回りだからな」

　おじいちゃんはこの一言で、事態をまとめた。

　いずれにしても妹はもう二度と学校へは行かなかったし、彼女の家は延々今でもまだ、完成していない。

「これはたぶん、ドールハウスというものだよ」

　僕はおじいちゃんに説明した。

「ままごとに使うのか？」

「いや、もうちょっと大人向けかもしれない」

「世の中にはそういう家を作って楽しむ人がいるんだな？」

「うん」

「そうか。あの子が自分で編み出したのかと思ったが……」

　おじいちゃんはため息をついた。学校へ行かないことより、ドールハウスが孫娘の発明でないことの方が、残念であるかのような口振りだった。

皿、スプーン、ティーセット、調味料入れ、鍋、オーブン、時計、化粧ケース、ランプ、インク壺、バケツ、カーテン、観葉植物、ベッドカバー……。家の中にはこんなにも雑多な種類の品々があふれているのかと改めて驚くほどに、作っても作っても作業は終わらなかった。日々充実してゆくドールハウスを眺め、もうそろそろ打ち止めだろうと思っても、ほんのわずか残された壁のスペースに掛ける姿見が、あるいは寝室のドレッサーの引き出しに仕舞うナイトキャップが、まだ必要なのだった。

妹はあらゆる材料を家の中から調達し、わざわざ新たに何かを買い足すのを良しとしなかった。食器類には幼稚園の頃使っていた粘土を使い、布製品は気に入った柄の端切れを縫い合わせたり刺繡《ししゅう》をしたりして作った。クリップが眼鏡に、マッチ棒とモールが泡だて器に、コーヒー用フレッシュミルクの容器と木綿糸が麦藁帽子になった。教本もなく、もちろん先生もおらず、すべてが自己流だった。そのためお世辞にも素晴らしいドールハウスとは言い難かった。ベニヤ板の切り口はささくれ立ち、接着面はガタガタし、床と屋根は微妙に傾いていた。ハンカチにクロスステッチを施したラグは刺繡糸が引きつれて波打ち、ソファーのクッションからは綿がはみ出し、食器類はどれも粘土が乾きすぎてひび割れていた。

そして何より珍妙なのは、縮尺が滅茶苦茶なことだった。あり合わせの材料を使っているのだから仕方がないとは言え、あらゆるものたちがあまりにも自由に、自分のサイズを主張していた。例えば、壁紙の模様の蝶は玄関扉より大きかった。食堂の椅子はテーブルより高く、四段しかない階段は急すぎて、とても妹の足では上れそうになかった。

妹の生活はドールハウスを作ることに埋没していった。ほとんどすべての時間をドールハウスと共に過ごしていた。一旦そこに足を踏み入れたら、もう他のどんな場所へ行く必要も感じないようだった。

ドールハウスは少しずつスペースを広げ、教科書も鉛筆削りも追いやって勉強机を占拠し、二階、三階、更には屋根裏部屋へと積み重ねられていった。壁中本棚で埋まる書斎もあれば、客間、サンルーム、遊戯室、保育室まであった。いつしか僕たち三人が暮らす家よりずっと広々とし、部屋数も多く、調度品も豊富になっていた。

家の中では、ちょっとした何か、例えば食器洗いのスポンジやマッチ箱やもう使っていない革のコインケースや、そういうもののどこかが切り取られているのに気づく機会が増えた。あっ、またあいつか、と思うだけで実害はなかった。妹に必要なのはほんのささやかな一部分だけだった。枕かマットレスの中身にされるため角を切り取られたスポンジは、流し台の片隅で、何事もなかったように水滴をしたたらせていた。

それでもおじいちゃんは孫娘が不自由しているのではないかと心配したのだろう。自分なりに考えて、役立ちそうな材料を集めていた。キーホルダーの留め金、軟膏《なんこう》のキャップ、外れた飾りボタン、珊瑚《さんご》の欠片、ビーズ一粒。そうしたものたちを夜、食卓の上に置いておくと、朝には姿を消し、いつの間にかドールハウスの中で思いも寄らない姿に生まれ変わっていた。

「じゃあな」

僕は玄関ポーチにベネディクトを置いた。妹の指示に忠実に従うなら、彼を庭に放し、一時間ほど自由に運動させ、そのあと水をやってドールハウスへ戻すという手順になるのだが、とてもそんな暇はないのでポーチに置いたまま学校へ行くことにした。自転車にまたがり、門扉を閉めたところで念のために振り返ったが、ベネディクトは傘立ての陰で大人しくしていた。

学校どころか外出さえしなくなった妹にとって、ベネディクトの散歩の時間が唯一外の空気を吸う機会だった。まず妹は彼を庭の東隅にあるユーカリの根元に置く。そこが用を足すのに最も安心できる場所らしい。自分はポーチに腰を下ろしてその様子を見守りつつ、時折彼に視線を送っては、そっと微笑んだりする。それから適切なタイミングを見計らって枯れた芝生の真ん中、植木鉢の脇、塀の角などに移動させ、その都度彼が満足するまでポーチで待っている。雨の日でも変わりはない。

　夕方、台所で晩御飯の支度をするおじいちゃんの手伝いをしていると、窓から妹がチラチラ見えた。夕焼けの中、ポーチに座っている姿は普段より尚いっそう小さく感じられ、そのままドールハウスへ納まってもおかしくないようだった。僕に気づきもせず、妹は瘦《や》せた足で雑草を踏みながらベネディクトに近寄り、彼を摘み上げ、土を払っていた。何か話し掛けているようでもあったが、声は聞こえず、彼の姿もまた手の中に隠れて見えなかった。ただ妹のシルエットが窓ガラスに映るばかりだった。

　学校から帰ってみると、ベネディクトは朝と同じく傘立ての陰にいたが、その足元にポツポツ何かが落ちているのを発見して僕は思わず、家の中に向かって声を上げた。

「ねえ、おじいちゃん。戻ってる？」

「ああ、ついさっきな。無事、手術は終わったよ。麻酔からもちゃんと覚めた」

「それはよかった。ところでさ、ベネディクトの下に何だか変な……」

「フンをしたんだ」

「えっ」

「フンだよ」

僕はもう一度それをよく眺めた。黒くて粒々していた。

「片付けておいてくれるか。はい、これ」

おじいちゃんは僕に塵取《ちりと》りと箒《ほうき》を手渡した。配電盤の銅板を窪ませて作った塵取りと、爪楊枝の先に裂いたストッキングを結んだ箒だった。

「ユーカリの根元に捨てておくれ。養分になるからな」

どちらも持ち手が小さすぎて扱いにくいことこの上なかったが、人差し指と親指を使ってどうにか箒を動かすと、案外あっさりフンは塵取りに集まった。どんなに縮小されていても、形がその通りに保たれていれば、役目をちゃんと果たすものなのだと、妙に感心した。

改めてフンを凝視すれば、どうも植物の種のようだった。その証拠にユーカリの根元には種類は分からないが、何かしらが好き勝手に生え、あるものは双葉を芽吹かせ、あるものは成長しきれずに倒れ伏し、またあるものは白い小花を咲かせて茂みを作っていた。茂みの中に僕はフンをパラパラと撒《ま》いた。夕日に照らされながらベネディクトは、すべてが終わるのを待っていた。

その夜、おじいちゃんと二人だけで晩御飯を食べた。キャベツとベーコンの簡単なスパゲッティーだった。

「一人いないだけで、どうも張り合いがなくてな」

弁解するようにおじいちゃんは言った。

「別に構わないよ。病院の付き添いでくたびれてるんだからさ」

家族が減ってゆくことに僕たちは慣れているはずだった。母親、つまりおじいちゃんの娘は妹を出産する時の出血が原因で急死し、父親は子供を置いて新しい女性のところへ去り、おばあちゃんはおとし天国へ旅立った。それなのに一番小さな妹がちょっと入院しただけで、僕たちの間にごっそり空洞が出現したかのようだった。

「食器は洗っとくよ。おじいちゃんは早く寝た方がいい」

「そうするかな。明日も朝一番で様子を見に行ってやらねばならん」

「うん」

僕たちは塩辛いスパゲッティーを黙って食べた。

ドールハウスと言いながらその中に人形の姿はなかった。多少なりとも生き物の気配があるとすれば、ベネディクトと、あとは寝室の壁に貼られた映画スターの写真だけだった。妹は定期購読している映画雑誌が届くのを毎月楽しみにしていた。妹の好みはあくの無い典型的な美形の男優で、ロバート・レッドフォード、ブラッド・ピット、レオナルド・ディカプリオの三人がベスト3の地位を占めていた。

しかし不思議なのは彼女が映画を全く観ようとしないことだった。映画館へ行くのは無理だとしても、テレビやビデオでいくらでも機会はあるのに、作品自体には興味を示そうとしなかった。ロバート・レッドフォードとブラッド・ピットが共演した時も、『タイタニック』のノーカット版が放送された時も、方針は揺るがなかった。

「いいの。顔とタイトルを見れば、心の中で映画を作れるから。そっちの方がきっと、本物より感動的な映画に違いないもの」

と、妹は言った。彼女に必要なのはあくまでも、雑誌に載っているスターの顔だけなのだった。

一冊雑誌が届くと、広告から奥付に至るまで読み尽くした。特にベスト3に関する記事は暗唱できるほどだった。そしてこれぞという数枚を選び出すと切り抜いて、先月分のと取り替えたりレイアウトを工夫したりしながら、寝室の壁に貼っていった。寝室はロマンチックなインテリアで統一されていた。ベッドカバーはチロリアンテープで縁取られ、ガウンはフリルだらけで、三面鏡の前には色とりどりの香水瓶が並んでいた。天蓋《てんがい》付きベッドからはレースが長々と垂れ下がり、マットレスはハンサムなスターを夢見るのに相応《ふさわ》しく、ふかふかとして寝心地がよさそうだった。

ただ、スペースにぴったり合う大きさの写真を見つけるのは難しかった。ページの中で小さく見えても、実際切り抜いてみると、壁一面をレオナルド・ディカプリオが覆《おお》い尽くしてまだ余る、ということがしばしばあった。特にベスト3は花形なので、どのページでもことさら大きく取り上げられているのが常だった。

「もっとちゃんとしたポスターを貼ればいいじゃないか、ここに」

時間割をはがした跡の残るくすんだ壁を叩いて僕は言った。その脇にあるベッドは、昔二人で使っていた二段ベッドを分解した片割れだった。妹は全くお話にならない、という表情を浮かべた。

「だって私は毎晩、ここで眠るんですもの」

妹はドールハウスを指差した。その先には、おばあちゃんが作ってくれたよそ行きのブラウスを分解してカバーにし、中に食器洗い用スポンジを詰め込んだ、小さなベッドがあった。

妹は丹念にページをめくり、片隅のコラムや来月号の予告やミニ情報コーナーに目を凝らして、適切な大きさの写真を見つけ出す。自分の不注意でせっかくの彼らを台無しにしてはいけないと、慎重にハサミを入れ、その美しい顔を切り抜いてゆく。

ロバート・レッドフォードはうつむいているうえにピントがずれている。ブラッド・ピットは一緒に写っていた隣の女優を無理に切り離したために金髪が写り込んでいる。レオナルド・ディカプリオは煙草をくわえ、寝癖がついたままになっている。それでも彼らは妹が行ったことのない、これからも決して行くことのないだろうどこか遠い場所から、風を運んでくる。彼ら自身も演じた覚えのない、観客はたった一人妹だけの映画が、毎夜上映される。

ベネディクトのフードは台所のカップボードに仕舞われている。食器を並べている下側の、両開きの戸の奥に、紙袋に入れて保存してある。フードは妹のお手製だ。

小麦粉に人参と卵の殻とスキムミルクを入れ、鶏の骨で取ったスープを加えて混ぜる。それをよく捏《こ》ね、冷蔵庫で寝かせたあと粒状に丸め、オーブンで焼く。季節によって材料は、トマトや南瓜やホウレン草に変更されることもある。

フード作りの時は毎回、大した量を作るわけでもないのにこのありさまは何だ、というくらい台所は大騒ぎになった。粉を篩《ふる》いにかけたり野菜をすりおろしたりといった手順を妹は決して省略せず、材料の質にもこだわった。調理台の真ん中に立ち、作業に集中しながら時折助手のおじいちゃんに指示を出した。

「よしきた」

指示が飛ぶとおじいちゃんは素早く返事をし、鶏の骨をぶつ切りにしたり血を洗い流したりした。

二人が食卓に向かい合って座り、一粒ずつ生地を掌で丸めてオーブンの鉄板に並べてゆくのを、僕は傍から眺めるだけだった。人手は足りていたし、急ぐ必要はどこにもなかった。二人の手つきは丁寧で、真剣で、連携が上手く取れていた。同じ大きさの粒が鉄板に真っ直ぐ並ぶことに、喜びを感じているようだった。彼らの姿を見ていると、たかだか犬の、しかもベネディクトのためのものを作っているとは思えなかった。粘土でいいじゃないか、とはとても言えなかった。

食卓と流し台の間から手を差し入れ、カップボードの開き戸の取手を引っ張るのに僕は難渋した。ドールハウスの中で僕の指はどうしようもなく大きすぎた。少し油断するとすぐ、スパイスラックをひっくり返したりサイドテーブルのワインの瓶を倒したりしそうになった。ほんのわずか指先で摘んだだけでカップボードの扉は呆気なく開いた。ジャムの瓶や水差しや蜂蜜の壺と並んで、フードの入った紙袋があった。ベネディクトの頭文字Bが大きく書かれていたのですぐに分かった。

くれぐれも数を間違えないよう、十五粒十五粒と唱えながら一個ずつベネディクト用の皿に入れていった。その皿の真ん中にもやはり、Bの文字があった。

「さあ、お食べ」

居間の安楽椅子の脇、いつもの居場所で寛《くつろ》ぐベネディクトの前に僕は皿を置いた。

「手術は無事済んだらしい」

僕はつぶやいた。

「四、五日で帰ってこられるよ、たぶん」

やはり縮尺がおかしく、皿は明らかにベネディクトには大きすぎ、盥にしてもいいくらいだった。それでもベネディクトは気にする様子もなく、相変わらずどこかピント外れの方向を見つめていた。

翌朝妹の部屋へ入ると、皿が空になっていた。何かの拍子にこぼれたのかと思い、暖炉の回りや安楽椅子の下を探してみたがフードは見当たらなかった。

「そうか、食ったのか」

東向きの窓から差し込む朝日が、塗りむらの残る、ベニヤ板の木目が浮き出るドールハウスの屋根にも当たっていた。食卓にはティーセットが並び、書斎の書き机には読みかけの本が開いたまま残り、ベッドの隣でレオナルド・ディカプリオは寝癖をつけながらも微笑んでいた。

「じゃあ、次は散歩だ。ユーカリのところで用を足さなきゃな」

僕はベネディクトを摘み上げた。

ドールハウスの中で妹が最も根を詰めて作製に励んだのは、書斎に並べる本だったかもしれない。寝室の隣にある書斎は常にベルベットのカーテンが引かれ、しんとして落ち着いた雰囲気で、壁中本棚に囲まれていた。そこに納める本を、妹は全部手作りしていた。ページの幅に切ったメモ用紙を細長く糊《のり》でつなげ、山折り谷折りと順番に折り畳んでゆき、最後にボール紙で作った表紙を取り付ける。表紙は一冊ずつ装丁が違い、お菓子の包装紙を貼り付けたのもあれば、何やらイラストが描かれているのもある。タイトルと著者名も記されている。

それだけではない。中身もちゃんと書かれていた。一番硬い鉛筆を細く尖らせ、背中を丸め、机にへばりつくようにして、妹は〝執筆〟活動にいそしんだ。

「一冊借りてもいいか?」

気紛れに僕が頼むと、気前よく貸してくれた。アンドレ・ジッド『狭き門』だった。パラパラとめくり、中に本物の字が、意味の通じる文章が書かれているのを知って僕は驚いた。

『力を尽して狭き門より入れ』

一ページめに、間違いなくそう書いてある。どんなに小さな字でも、所々線がくっついたり隙間が潰れたりしていても、妹の筆跡だと分かった。

「これ、本当に『狭き門』なのか」

どうせ字など書けるはずがない、本の体裁を整えるために波線か点々でも書いているだけだろう、何せこんなに小さい本なのだから、と思い込んでいた僕は改めてページをめくり直した。

「そうよ」

当然という顔をして妹は答えた。

「こっちは『月と六ペンス』でこれは『人間の土地』」

「全部お前が書いたの？」

「はい」

まるで自分がモームかサン＝テグジュペリ自身であるかのような口振りで、妹はうなずいた。それから、

「もっとも、全部書き写すのは無理だから、かなりかいつまんであるけどね」

と、付け加えた。

妹のために僕は図書館からせっせと本を借りてやった。『ロミオとジュリエット』『異邦

人』『遠い声　遠い部屋』『みずうみ』……。それらを彼女は一息に読み、ポイントになる文章をピックアップし、自分の本のサイズに合う内容に整え直して書き写す。みるみる書斎は本で埋まってゆく。一冊の本が、妹の手を通して新しい形に姿を変え、新たな居場所を見つける。

最初はからかい半分だったのに、いつしか自分の借りてきた本が小さくなって、糊の匂いも初々しく、書斎の本棚に納まっている様子を見るのが僕は楽しみになっている。ドールハウスのために自分に割り当てられたのは図書係なのだ、ドッグフード係のおじいちゃんと役目を分け合っているのだ、という気持になっている。

ごくたまに、ドールハウスにも手紙が届いた。門柱に取り付けられた郵便受けに、横長の上品な封筒が入っている。切手には外国の偉人の肖像が描かれている。妹はいかにも特別なものに触れるといった感じでそれを取り出すと、書斎の書き机に置かれた文箱《ふばこ》へ仕舞い、すぐには読まない。数日たって十分に気持を高めてから、封を切る。

その文箱の中身だけは僕にも見せてくれない。ベネディクトでさえ近寄るのを禁じられている。

「誰から?」

僕が尋ねると、妹はもったいぶってもじもじしたあと、ようやく小さな声で、「ロバートから」あるいは「ブラッドから」あるいはまた、「レオから」と答えた。

「ファンレターの返事をくれたのよ」

「ふうん」

とだけ言って僕は、妹がゆっくり手紙を読めるよう、ドールハウスから離れる。

病院のベッドに横たわる妹を思い浮かべながら僕は、手紙にはどんなことが書かれているのだろうかと想像を巡らせる。ロバートやブラッドやレオが妹に優しくしてくればいいが、と思う。


真夜中過ぎ、トイレで目が覚めると、妹の部屋に灯りがともっていた。おじいちゃんがドールハウスの前に立ち、コリコリ、コリコリ、奇妙な音を立てていた。夕方僕が置いたベネディクトのフードを食べているのだった。

「駄目だよおじいちゃん」

僕は言った。

「原材料はみな、食べられるものばかりだから、そう問題はないと思うが……」

口をもそもさせておじいちゃんは言った。

「だって、犬の食べ物だよ」

「まあ確かに、ちょっと硬すぎるな。入れ歯が欠けたかもしれん」

「気をつけなきゃ」

「しかし普段はいつも、あいつが食べているんだ」

「本当？　だから盲腸なんかになるんだよ」

「え、そうなのか？」

おじいちゃんは自分の右わき腹を押さえた。

「とにかく、入れ歯は早めに直してもらった方がいいよ」

「うん、そうだな」

口元についたフードの粉を払い落としながら、おじいちゃんは自分のベッドへ戻っていった。

ベネディクトの皿にはまだいくつかフードが残っていた。僕はそれを一粒摘み、自分の口に入れてみた。なるほど硬くて容易には嚙み砕けず、舌触りがザラザラとして、何の味もしなかった。心なしか黴《かび》のにおいがするだけだった。

白熱電球に照らされた夜更けのドールハウスは、片隅の小物たちの輪郭が昼間よりもくっきりとして見えた。台所の鍋類はたった今磨き上げられたばかりといった感じで艶やかに光り、サンルームの床には植物たちの影がのび、本棚の本たちは皆、手に取ってもらえる時が来るのを待ち続けていた。フードを横取りされたのも知らずベネディクトは、安楽椅子に体を寄せ、垂れた耳で暖炉の火のはぜる音を聞いていた。

「そろそろ、寝る時間だぞ」

僕はイニシャルBの皿を片付けた。ティーテーブルと柱時計と、いろいろあたりのものに指が触れ、ポットや花瓶やロウソク立てがぐらついたが、やがて静まった。安楽椅子から床に滑り落ちた膝掛けを、僕は畳み直して元に戻した。もうベッドに入って落ち着いたのか、おじいちゃんの気配は遠のいていた。

その膝掛けは妹が赤ん坊の頃に使っていたレース編みのおくるみを切り取り、縁に房飾りを付けたものだった。元々の可愛いピンク色はいつしかくすんでしまったが、花柄の模様はまだ綺麗に残っていた。妹がお腹にいる時、死んだお母さんが編んだのだとおばあちゃんが言っていた。

妹は居間の安楽椅子で長い時間を過ごす。ポットにはたっぷり熱いお茶が入り、暖炉の炎は穏やかに揺らめき、時計の針とベネディクトの寝息以外、他には何の物音も聞こえてこない。床のせいか脚のバランスのせいか、安楽椅子は心持ち傾いているが、妹は気に掛ける様子もなくゆったりと身を預けている。どういうふうに腰掛けたら快適か、誰よりも彼女が一番よく心得ている。

先週届いた手紙を妹は読んでいる。この世の人ではないくらいにハンサムな男の人から届いた、彼女にだけ読む資格がある手紙だ。一通り読み、もう一度読み、また繰り返し何度でも読み返しているうち、すっかり文面を暗記してしまう。便箋を見なくても頭の中で好きなだけ蘇らせることができるようになってもまだ、手紙を見つめ続けている。

ベネディクトが欠伸をする。ようやく妹は封筒をティーテーブルに置き、手をのばしてベネディクトの背中を撫でる。彼の背中は彼女の手が届く丁度いい高さにあり、そこだけは縮尺が上手い具合に納まっている。ベネディクトの背中は滑らかで、ふかふかして、お茶よりも暖炉よりも温かい。このままいつまででも撫でていたい、と思わせてくれる種類の温かさがそこにある。ベネディクトは少しも迷惑そうにしない。それどころか、

「ええ、いいのです。いつまででもいいのです。私の背中はそのためにあるのですから」

というかのように、じっとされるがままになっている。

ベネディクトさえいれば、何の心配もいらない。妹はそんな気分になる。体はおくるみに包まれている。一針一針レースで編まれた、妹の全身をぐるりとくるんでもまだゆとりのある、たっぷりとしたおくるみだ。編目には母親の指の感触が残っている。妹は目を閉じる。どこまでも深くおくるみの奥で、小さく小さくなってゆく。

次の日、学校から帰ったらベネディクトがいなくなっていた。朝いつものように玄関ポーチに置いておいたのに、姿が見えず、ただフンが散らばっているだけだった。

「おじいちゃん。ねえ、おじいちゃん。ベネディクトを知らない？」

おじいちゃんはまだ、病院から戻っていなかった。

傘立てをひっくり返し、芝生の上を這いずり回り、もちろんユーカリの根元の茂みをかき分けてみたが、ベネディクトはどこにもいなかった。風で飛ばされたのだろうか。カラスがくわえていったのだろうか。やはり妹の指示通り、散歩は一時間で切り上げるべきだった。ポーチに置き去りになどすべきではなかったのだ。僕は後悔の念にとらわれ、どうしたらいいのかわけが分からなくなっていた。

「落ち着くんだ」

僕は自分自身に言い聞かせた。

おじいちゃんがドールハウスに戻したのかもしれない。僕以外にベネディクトをどうにかできるのは、おじいちゃんしかいないのだし、フンやフードのことにあれこれ関わっているのはいつでもおじいちゃんなのだから、そうだ心配はいらないのだ。

僕は階段を駆け上がり、妹の部屋に飛び込んだ。しかしドールハウスの安楽椅子の隣は空っぽで、フードのなくなったBの皿だけがそのまま取り残されていた。

あとは思いつく限りの場所を探すしかなかった。カーテンの襞《ひだ》の間、スリッパの奥、あらゆる引き出し、ゴミ箱、ベッドの下、ポケットの中……。いなくなってみてようやく、ベネディクトがいかに小さいか思い知らされるようだった。彼が隠れていそうな場所は、そこら中にいくらでもあった。

これは盲腸の悪化を暗示しているのではないのだろうか、と僕は思った。少なくとも好ましい前触れでないことだけははっきりしていた。妹は悲しむだろう。僕を罵《のの》しるかもしれない。古びた玩具《おもちゃ》の犬のために、盲腸の傷が痛むのも忘れて、きっと涙を流すだろう。

その時ふと、もしかしたらおじいちゃんが病院へ連れて行ったのではないだろうか、という考えが思い浮かんだ。そうだ、そうに違いない。妹を励ますためにベネディクトはお見舞いに行ったのだ。それならおじいちゃんも、一言書き置きくらいしておいてくれたらよかったのに。

急に安堵して立ち上がった瞬間、どういうはずみかドールハウスの屋根に腕が当たり、気づいた時には傾いたドールハウスからあらゆるものがバラバラと転がり落ちていた。慌てて両手で受け止めようとしたが無駄だった。僕の手の先を、フォークもフライ返しも宝石箱もミシンもペンケースも、何もかもがすり抜けていった。

あたりが静まってからようやく僕は自分の足元に目をやった。そこに書棚からこぼれてきた本が散らばっていた。ある本はひっくり返り、ある本は積み重なりしている間に、ベネディクトは立っていた。もうずっと前からここでこうしていたのです、という落ち着き払った表情で、欠けた鼻先を持ち上げ、斜め前方の一点をじっと見つめていた。ベネディクトの前に、一冊本が開かれていた。丁度今、このページを読み終えて、ゆっくり言葉をかみ締めているところです。彼の目はまるでそう言っているかのようだった。

僕は本を手に取った。『ブリキの太鼓』だった。

『母はオスカルを小人さんと呼んだ。あるいは、私の小さな、可哀そうな小人さん、と』

そこにはそう書かれていた。

僕は落下した品々を拾い集め、ドールハウスに戻していった。元あった場所、妹が定めた正しい場所に、間違えないよう一つずつ置き直していった。『ブリキの太鼓』を書斎の本棚に仕舞い、膝掛けを畳んで安楽椅子に掛け、その脇にベネディクトを立たせた。

明日は、妹が退院してくる日だった。

参考文献
「狭き門」山内義雄訳
「ブリキの太鼓」高本研一訳

ブルトンの遺言

高原英理

高原英理
一九五九年三重県生まれ。作家、文芸評論家。立教大学文学部卒業。東京工業大学大学院博士課程修了。八五年「少女のための鏖殺作法」で幻想文学新人賞、九六年「語りの事故現場」で群像新人賞評論部門優秀作。他の著書『エイリア奇譚集』『歌人紫宮透の短くはるかな生涯』『不機嫌な姫とブルックナー団』、編著『ガール・イン・ザ・ダーク　少女のためのゴシック文学館』『リテラリーゴシック・イン・ジャパン―文学的ゴシック作品選』『ファイン／キュート　素敵かわいい作品選』など。

ウェブ上にある「ビルトラウム」という名のサイトの映像は、細部が緻密なのに全体が薄く霞んでいて、古めかしくかつリアルである。ミュンヘン在住の日本人による制作で、百二十年前のプラハにあったユダヤ人街の資料を基に再現した迷路であると聞く。

入口は六つあってどこからでも入れるが、内側の小路があまりに入り組んでいて、これまで再び出られたことはない。ゲーム形式で進み、飽きれば迷ったままそこで終了する。画面端にあるリセットボタンをクリックするとまたどれかの入口から始まり、また迷う。ゲーム形式、といっても、クリックもしくはタップによっていくつか窓や扉が開いたり人影が見えたり、あるいは簡単な由来の説明が読めるという程度で、最大の興味は、扉の影や道の隅に無数に隠れている意外な外部リンクを探すことである。「ここは世界中の無意識に通じている」という制作者 Livi-Ati の言葉が門に記されている。

最近気に入って、時間があると大抵訪れ、迷い歩いている。付随する音楽がとりわけよい。微かな重低音とともに懐かしげなメロディーがメランコリックに繰り返される。永遠に繰り返してほしいと望まれる。

路地はどこも石畳らしく見え、両脇の灰白色の壁が人家とおぼしいが人の気配はない。閉じた窓はどれも内側に鉛色のカーテンが閉まって中が見えない。左右の建物は五階か六階くらいまであるが、それは何十年にもわたって建て増しを続け、階を増やしてきたため、と、上方をクリックすれば文字で伝えられる。

視界は画面端のマークを回すことによって上下左右三六〇度動かせる。上を向けば細い隙間から曇り空が覗くが、路地を進むとそれも頻繁に遮られる。あちこち、四階あたりの壁が両側からせり出して左右で接し、屋根を作っているのだ。そこをクリックすると、建て増しの際、少しでも居住空間を増やそうとした両側の住人が、道路の上にまではみ出させて小さな部屋を作ったため、と出る。

街燈もほとんどなく薄暗く、洞窟を行くようだ。それが何メートルも、というのはモニター上の映像から導かれるこちらの判断だが、いくらも行かないうちに曲がり、また曲がり、先も見通せない、そんな小路が、無数に分かれ道を作っている。

進むにつれ画面全体の色合いが微妙に変化するが、それだけで、いくら進んでも同じではないかとさすがに飽き始めた頃、広大な墓地の前に出てオレンジ色の夕暮れを目にしたり、突然真っ青な大きい何かが走り去ったりして、こちらの意識を測っているのかと思わせる。異変に遭遇した時がチャンスで、このとき周辺をクリックして回ると、大抵どこかにあるリンクから全く別のサイトへと移行する。これを「エクソダス」と呼ぶ。

といってエクソダスの先が楽園であるとは限らず、化粧品メーカーの公式サイトであったり、有名タレントのブログであったりすることも多い。が、ときおり、まるで制作意図の知れない、これまた迷宮のような個人サイトに辿り着くこともあり、いきなり異世界へ放り出されたような気分になる。そこでは病んだ論理が訴えられていたり不快な映像に満ちていたりすることもしばしばだが、そうしたアクシデント的な遭遇もまたビルトラウムから離れがたい理由である。何より、この単純なゲームをしばらく続けているとなぜか、ふと何かを放擲しているような気分となっていて、それが好ましい。

「小娘の頃、ブルトンに会ったことがある」

脇のスピーカーから発せられる声は若い女のそれを模していたが、眼前に横たわり、眼の動きによって発声装置を操作する女性の年齢は九十歳を越えていそうに思われた。

シュルレアリスムの発生、そしてアンドレ・ブルトンの没年が何年だったか、懸命に思い出そうとしながら聞いた。

「ブルトンはこの世界の本当の姿を見たと言った。詩人のランボーと同じように、と。真実なのかは知らない。わたしも夢を見ているとそうもあるかと思う」

魂のないような音調、均一のアクセントでゆっくりと続く人工の音声に任せて語る老女は、干物のように痩せて乾き、装飾の多い特大の寝台の上で豊かな襞をなす白銀の絹布に包まれているので身の小ささが一層強調されて見える。端々から、細いチューブとコードが中央の身体に向かって集中しているのは複雑な祭壇でも見るようである。

寝台脇には大きな、計器の多数あるボックス型の精密機械、これを生命維持装置というのだろうか、腕に刺さる二本の管の、先を辿れば、高く掲げられた点滴用のビニール袋が二つ、一方は透明、もう一方はやや黄色い色の液体に満たされている。鼻孔にもチューブが固定され、こちらは酸素補給のためだろう。肢体のそこここに接着された黒いコードは測定用だろうか、ボックスには心拍数や血圧、呼吸などがグラフとなって刻々表示される。

ベッドからよく見える位置に大画面のPCモニターがあって、おそらくこれも眼球の動きに反応してのことだろう、次々とネット上のサイトを移動していた。

病み衰え、肌は乾き、曲がったまま固まってしまった枯れ枝のような細い四肢は無残ではあるが、調度の豪華さとともに当人の意識がはっきりしていることもあって、どこか崇高とさえ言えるような面持ちに、とりわけ真っ白な髪が長いまま留められることなく枕辺に拡がり、もつれながらベッドの下にまで下がっているのも魔女めいた壮観さがある。

「ブルトンはわたしに言った、君には夢見の能力があるね、ならばそれを世界に知らしめよ、と」

　語る間もすうすうと機械による吸気呼気が音をたてている。ベッドの脇には付ききりの介護士が椅子に座る。端正な顔つきの笑わない二十代女性だった。作業のさいは機敏に動き、不要なことは一切言わない。

　大広間の中央にベッド、各種装置、豪華な家具、周囲の壁は著名な、あるいは知られざる画家の絵によって覆い尽くされていた。額縁の間からのぞく壁、そこに張られた布は最高級のなんとか織りと言われるものだろうけれど、模様がどことなく少女趣味であった。

「夢見には素質が要るが、その方法を他者に受け渡すこともできる」

　この言葉の終わる前、本体が少し咳きこんだ。直ちに介護士がスプレーを持って立ち、老女の口内に吹きかけるとともに首の後ろに手を差し入れ、僅かに持ち上げた。この人の喉にはこうするのが最もよい対処なのだろう。

　息の乱れを収めるに十分な間をおいて、相手は続けた。

「もともと裕福だったわたしの父は画商をやって一層財を増やした。わたしはそれを継いで、失敗はしなかった。支店と財産は増え続けた。父の死後はしたいように暮した。結婚はしなかった。誰より自由で金のあるわたしに主人はいらない。だから夫もいらない。つきあう男には事欠かなかった。センスのいい有名無名の芸術家とも多く知りあった。商売柄、華やかな社交場に慣れた。四十五歳のとき、右手が少し痺れ始めた。五年後にそれは左手にも移った。次いで両足。六十歳になったとき、首から上を除いてほぼ身動きができなくなった。わたしの、この世界での自由は半分なくなった」

また言葉が止まった。介護士が立って、唾液に濡れた口許を布で拭いた。水を含ませたガーゼで唇を湿した。脇の計器を確認して再び席についた。

「この体で幸せとは思わないが、財のおかげで身体以外の不自由はない。あれからもう三十六年、わたしは、横たわったままさらに齢をとった。今は目と口以外全然身動きできない。ただしこの麻痺は手足にはくるが内臓にも脳にもゆかない。そういう病気だ。楽しくはない。けれど、コンピュータを使えばいくらでも情報は来る。二十一年前、わたしは財団を作った。ブルトンの意思を実現するために」

少し咳、

「深い夢は今も見る。確実にこの世の底まで行く。それだけじゃない、そこにあらたな世界を作ることもできる。今わたしはこの上ない自由を手にしている」

ここだけ聞いたなら、老いによる妄言と受け取られただろう、けれども、疑わなかった。そして溜め息をつきかけた。意外に敏感に察知した相手が言う。

「あなたが残念に思うことはない。あなたにもできる。この方法を用いれば夢見の力は何十倍にもなる」

全身不動の老女の眼だけが僅かにこちらを向いた。

「あなたは数年後、ロースヴァルト工科大学で生体電磁気を研究しているだろう。財団からは望むだけの資金援助を続けよう。後はあなたが決めなさい、娘さん」

「『世界を変革する』こと、そして『生を変える』こと、シュルレアリスムはこのふたつの野望を断固として結びつけ、それを唯一の分かちがたい命令としてみずからに課してきた」

ブルトン晩年の言葉。『シュルレアリスムと絵画』から。

これをあげてアリーは告げる、

「ブルトンは社会主義革命を信じなかった。革命で世界は変わらないと言った。世界をそして人間の生を変えるのはただひとつ、詩であると言った」

だがそれは詩人ゆえの、現実的妥当性を一切考慮しない、実質、誤謬でしかない。ほとんどの文学愛好リベラリストがその引用でとどめ、未来永劫実現はしない詩のユートピアに憧れる表情と、現実世界の凡庸さ低劣さを批判するそぶりとによって自らの選良性を演出するだけで終わる。だがアリーは、PCもしくは携帯通信機器を用いてブルトンの意思そのままの実現をめざすと言った。

かつてスマートフォン、タブレット等と呼ばれた機器は何世代かを経て、ループという製品名に統一され、眼鏡に小型のヘッドフォンとマイクを付属した形で装着するものとなった。音声はマイクで、文字情報はすべてレンズ上に投影される図表を追う眼の動きによって確定・送信する。アリーは、かつてこのループの設計にかかわっていたため、予めそこに、可聴域を超える周波数のパルスを発信させる機能を組み込ませていた。これは二十年以上も前、一度だけ会った全身不随の老女の発案であると言った。

「それは誰?」と尋ねるとアリーは「アヴィケーヌという名以外憶えていない」と言う。

「夢だったんじゃないのか?」と問うと、

「だとしたら、一層真実だね」とアリーは答えた。

アンドレ・ブルトンは、現実よりさらに強度の高い真の現実、Surréelを求めた。そしてフィリップ・スーポーとともに意識の届かない領域に触れようとする行いとして自動記述を実践した。それは続けるうち、双方の意識を侵食し、脇の窓からいきなり投身しかけるなど危険な域に達したため、あるところで中止された。だが彼は意を翻すことなくシュルレアリスムという運動を始めた。彼は、言語だけでなく映像も音声も伴う、覚醒時の意識には届かない発想を生み出すものとしての夢を最も重視した。

意識は生きるための便宜であり、無意識から汲み上げられてくる夢にこそ、詩の源泉が、そして世界を変革する鍵があるのだと、アリーはブルトンの思想を、このように翻訳した。

先立つ長い準備期間中、多くの被験者の脳と神経を測定すると、必ずA10神経に著しい反応が見られた。それらのデータを重ねた後、ウェブ上に、ドイツのデザイナーの手を借りて、ビルトラウムというサイトが設けられ、先頃、一般に公開された。来訪者はそこで迷宮となった街の映像の内を彷徨し、望むなら隠されたさまざまなリンクを発見することになるが、その間、微細な、特定の周波数の波動を断続的に受け取る。その受容が十万回ないし十二万回を超えたとき、受信者の体質によっては半無意識とでも言うべき、ブルトンらが自動記述を実践した際と一部似た意識状態がもたらされる。

そこまでは実証されたとアリーは告げた。さらに波動の頻度と密度を上げてゆけば、あるところで意識の相が転移し、日常的作業は無意識にそして正常に継続しながら、同時に深い夢を見ることができるはずだ、とアリーは加えた。

「実は人は自意識なしでも合目的的な判断ができるし必要な行動もできることがアクター・エクスペリメントといわれる実験で証明されている。生存のための必要判断を自動操縦状態にした上で、情念と希望、執着、そうした自意識の核をすべて夢の創造だけに向けることができれば、人はより論理的、かつ、より感情的に、ふたつながら最善を尽くして生きられる。不用意な過度の愛憎・執着から判断を誤ることも減るだろう」

ここでアリーはまたブルトンの言葉を引用した。

「シュルレアリスムは、これまでおろそかにされてきたある種の連想形式の高度な現実性への信頼、夢の全能への信頼、思考の無私無欲な活動への信頼、に基礎をおく。その他のあらゆる精神の機能を決定的に打破し、人生の重要な問題の解決において、それらにとって代わることをめざす」――『シュルレアリスム宣言』から。

「深い夢はわたしも経験した」とアリー。

「どんな?」

「それを分け与えようとしている」

発信波動の周波数はアヴィケーヌの数十年にわたる身体の情報から導き出したとアリーは言った。十六年前、膨大なデータがeメールで送られてきた。それはアヴィケーヌから託されたサインだとアリーは言った。

「ただし反応を引き起こす周波数というだけで何を意味するかはアヴィケーヌも知らない。それは特定の半覚醒意識を構成して夢を誘発するスイッチだ。アヴィケーヌの見た夢そのものを伝えることはできないけれども、彼女が『深い夢』を見ている時に記録された詳細なデータを使って、その脳内状態を他者に一部転写することができる。被験者は受け取った感触に合うよう、自分自身の記憶をもとにして個々の異なった夢を編む。そのそれぞれが詩でありそれぞれが生を変革させる」

だが現在は飽くまでもまだ試作段階である。ビルトラウムへの来訪者をいくらか、夢見やすい意識に馴らしたに過ぎない。

「そう遠くない、いつの日か、ネットと直接の神経接続が可能になる。そのとき」

電子情報としてのアヴィケーヌ・ヴァイブスを全世界の、それを望むすべての人に直接配信する、その結果、少なくとも全人類の六〇パーセントは、世界の真実を知るだろう、とアリーは言った。

「そこで何が起こる?」と問うと、

「予測できないのが真の現実というもの」とアリーは答えた。

胞子

多和田葉子

多和田葉子
一九六〇年東京都生まれ。作家。早稲田大学第一文学部卒業。チューリッヒ大学博士課程修了。九一年「かかとを失くして」で群像新人文学賞、九三年「犬婿入り」で芥川賞、二〇〇三年『容疑者の夜行列車』で伊藤整文学賞、谷崎潤一郎賞、一一年『雪の練習生』で野間文芸賞、一三年『雲をつかむ話』で読売文学賞、芸術選奨文部科学大臣賞など。日本語、ドイツ語両言語で作品を発表し、一八年英語版『献灯使』の全米図書賞を始め海外での受賞も多数。

きのこさんは、「ききちがえた」というところを「きちがえた」と言う。そう言っているように聞こえるのは、わたしの鼓膜が弛んでしまったせいか、とも思ったが、何度聞いてもやっぱり、「きちがえた」としか聞こえない。

「それは、キチガエタではなくて、聞き違えたと言うんですよ。」などと賢しげに誤りを正しそうになったこともある。その度に唾をごくんと呑んで、言いたい言葉もごくんと呑んだ。

きのこさんは、朝の六時には襟元も正しくきちんと服を着て、背筋をすいっと伸ばし、頬はつるつるで、からすの足跡を慈悲深く微笑み込んでいる。わたしが、絶対にこれが正しいと思うことでも、きのこさんが聞いたら、「あたしももう少し若かったらそう考えたかもしれません。」と言って相手にせず、さやさやと笑っているだけかも知れないのである。

きのこさんが笑うと、「きぞく」という言葉を思い出す。たおやかで、しんなりとして、首筋はすっきり、頰はほんわり。「きぞく」は、「き」である「ぞく」のことである。そう思った瞬間、きぞくというのは、どういう漢字を書くのか忘れてしまったことに気がついた。一口で「き」と言っても、いろいろある。いくら考えても思い出せない。

漢字と言えば、きのこさんの「きのこ」もどういう字を書くのかよく分からない。きのこさん自身、忘れてしまったのか、隠しておきたいのか、教えてくれない。とにかく昔は漢字でこの名前を書いていたので、それが椎茸松茸などのきのこと同音異意であることには、自分でも気がつかなかった、とだけ話してくれた。しかも、「きのこ」というのは元は名字であって、「いたこ」とか「ましこ」というような雰囲気の「こ」であったのに、ひらがなになってしまってからは、「きみこ」とか「きぬこ」というように、昔、女の子の名前の最後によく付けられた「こ」のように聞こえる。そのせいで、みんな、それが名字ではなくて、名前なのだと信じ込み、そのように呼びかけることに特別の親しみを感じているらしいのだ。きのこさんは、いちいち誤解を解くのが億劫だから、放っておくのだそうである。漢和辞典がもし一冊でもあったら、と思う。たとえもう一生外出してはいけないと言われてもいい、私有物を禁止されてもいい、もし、漢和辞典が一冊でも手元にあったなら。あまり、そのことを思い詰めすぎたせいか妙な夢をみた。お座敷にひとりぽつんとすわっていると、斜め上方の梁がめらめらと炎を吹き始めた。あわてて障子を開けて、廊下に出ると、皮装丁の漢和辞典が落ちている。拾って逃げようとするが、表紙が床に張り付いて剝がせない、このままでは、燃えてしまう。急いで、大切な字だけは見ておこうと思うのに、画数を数え始めると、座敷から流れてきた煙に字が覆われて、読めなくなってしまう。手で煙を払おうとしても、咳込んで手が震え、画数をどこまで数えたのか、すぐに分からなくなってしまう。火はどんどん近づいてくるらしく、皮膚が火照って、髪の毛の先がちりちり焦げ始める。なぜ、この辞書は床から取れないのか。表紙なんかもういらない。ページを破って持っていくしかない。そう思って、数ページまとめて引き裂こうとすると、ぎゃっと言う悲鳴があがった。まさかと思って、あたりを見回す。誰もいない。引き裂かれる時に叫びを上げる書物もあるのだ。視界を赤く包むのは炎に違いない。泣きながら目を覚ました。

ききちがえる、という言葉を声に出してみると、蛙の一種のように思えてくる。ききちがえる、がいるならば、見ちがえる、読みちがえる、もいるのだろう。未知蛙や夜道蛙という名前の蛙たちが、蛙街道に一列に並ぶ。

きのこさんは、人に話しかける時に、「ねえ」と言えば済むのに、いつも、わざわざ、「ねえ、お耳を貸して。」と言う。あまり丁寧にゆっくりとそう言うので、本当に耳を果物ナイフで削ぎ取って貸さなければならないような気がして、ぞっとする。もっとあっさりと発音してくれれば、なまなましい言葉の意味など考えないでもすむのに。きのこさんは、「お耳を拝借。」と言うこともある。私は、「耳なんてね、人に借りるものじゃありませんよ。」と答えたくなることもあるけれど、唾を呑んで、ぐっと堪える。「耳が借りたいなら貸してやろうじゃないか、人に貸して減るものじゃない、かみそりでさっと削ぎ落として、あとは耳跡にぐるぐる包帯でも巻いておけばいいか。」そんな風に自分自身に言って聞かせながら、わたしは爪を噛んでいる。きのこさんとは逆で、わたしの言葉遣いは日々、品がなくなっていく。

人に話をする時に「ねえねえ」と言うのは甘えている。「あのさあ」は幼稚。「あのう」は、思わせぶり。「すみませんが」は丁寧すぎるし、「そう言えば」は能率が悪い。そう考えていくと、耳を借りたい、というきのこさんの言い方も悪くない。何度も聞いているうちに、少しずつ慣れてきた。毎日聞いていれば、大抵の言葉には慣れてしまう。

ところが、そのうち、きのこさんは更にずれて急進し、「ねえ、おみみをおかして」と言うようになってしまった。日々丁寧になっていくきのこさんの言葉が、「貸す」にまで「お」をつけて「おかす」になってしまったらしい。耳をおかすという表現には、胸が痛くなる。

「おかす」と聞いて、ふっと思いついた絵がある。窓と同じ大きさの古い油絵である。天使のらっぱから噴き出した体液がぴーっとまっすぐに飛んで行って、聖母の耳の中に入る。そういう妊娠画が館長の部屋に掛かっている。こういうのは非常に危ないのである。「この絵は非常に危ないのではないでしょうか。」とおそるおそる尋ねてみると、「いえいえ、これなど危ないということはありません。」と館長に言われた。天使は都会的であるから、それほど危ないということはないが、青い蝶を見るようになったら、本当に危ないのだそうである。そう言われた日、夕方、ひとり中庭に出て、蝶を見てしまった。青いかと問われれば、青くないとは言い切れない。よく見れば、蝶には小さいながら人間の顔が付いている。ひらひらひらひらと頭のまわりを飛び回られて、どちらが天でどちらが地なのか分からなくなってきた。それから、あれが起こってしまった。あっという間の出来事で、気がついたときには、ぬるっとした残光が頭の中で光っていた。一度そうなってしまったら、なかなか戻れない。それだけならば、まだどうにかなったかもしれない。ところが、それから、どんどん後ろへ滑り始めた。背後は海抜が低いのか。どんどん滑って止まらない。助けを求めて叫ぶ代わりに、「きのこさん、しっかりして。」と言ってしまった。きのこさんは、びっくりした顔をしてわたしを見た。いつの間にか部屋に戻っていたのだから不思議だ。

きのこさんが近くにいると、ほっとすることもあれば、うっとうしいこともある。きのこさんが、咳をすると、妙なことばかり数珠つなぎに、次々思い出してしまう。夜が更けて、数珠が切れて、やっと眠くなってきたかと思うと、きのこさんが寝返りを打つ気配がする。それから、「耳をおかして欲しい」としきりと嘆願する声が、聞こえてくる。どうにかして、やめさせたい。どうすれば、やめてくれるか。きのこさんの口を手のひらでぴったり塞いで、声が出ないように抑え続けていれば、とそこまで考えて、眠りに落ちてしまった。

わたしは、「きちがえた」と言う単語の間違いを正す代わりに、「ききそびれた」とか「ききおとした」とか「ききながした」というような言い方をできるだけ頻繁にきのこさんの耳に吹き込むことにした。そうすれば、きのこさんも、たったひとつの表現に固執するのをやめて、耳を開いてくれるかもしれない。そうすれば、神経の一点だけを擦られて、けば立ってくるわたしの殺意も薄められ、四方八方に流れ散っていってくれるかもしれない。

「きのこさん、わたし、あの人の言うことはつまらないから、いつも聞き流していたんですけれどね、この間、大切なことをひとつ聞きそびれてしまって、後悔しているんですよ、ほら、あのいつも面会に来る背の高い高校生、何と言ってましたっけ、名前呼んでいたと思うんですけれど、聞き落としてしまって、とにかく、あれがお孫さんなのか、どうか。あの方、お子さんはいらっしゃらないそうです。お子さんがいらっしゃらなくてもお孫さんができることはありますか。」きのこさんは、同情するようにわたしの顔を見て、「それはございますよ。」とするりと答えた。その時は一瞬疑いの心が起きて、きのこさんの理論はとうとうねじれてしまったのではないか、と思ったが、翌日よく考えてみたら、確かに、子供がいなくても孫を作ることはできる。きのこさんの思考がよじれていくのではなく、わたしの脳がとろけていくのかもしれない。

きのこさんは、夜中に急に目を覚まして、「ねえ、ちょっと、お耳をおかしてくださいな。」と言うことがある。不思議なことに、わたしはその声で目が覚めるのではなく、その数秒前に目が覚める。ああ、これから出るな、出そうだ、出る出る、と思って息をつめていると、出る。まわりには、助言を施してくれる人もいない。たったひとりで、おかされる耳の枷からどうやって逃れようかと悩んでいる。しかも、きのこさんは、特に話したいことがあるわけではない。「おみみをおかして」と言ってしまうと、それきり黙ってわたしを見つめているので、消毒剤のにおいが闇に立ちこめるばかりで、あたりは息苦しいほどに静まりかえっている。そこで、苦し紛れに、わたしは話をずらして、誰でもいいから頭に浮かんだ人のことを話題にしようとする。たとえば、あの人のこと。名前は思いつかない。「あの方のお名前、聞きそびれたんですけれど、何とおっしゃいましたっけ。」と、きのこさんに言ってみる。きのこさんが、「そびれる」というところで、びりっと反応したのが暗闇の中でも分かった。

翌朝、きのこさんは、ブラインドを通して流れ込んできた縞模様の光に顔を切り刻まれながら、急に顔の真ん中に笑みを開いて、「とうとう、そびれられましたか。」とつぶやいた。

どうやら、わたしも、とうとう、そびれてしまったらしい。かつては、町に出ると買いたくなるようなものが次々目にとびこんできたものだ。手ぶらで帰ることは滅多になかった。今は、町へ出ても、買いたいものもない、食べたいものもない。何を売っているのかも、よく分からない。半分透き通ったような合成樹脂で、いろいろな形を作ってみせてくれているのは分かる。この商品は奇麗なのかもしれないと思うことはあっても、何のためにどうしてそれが便利なのかもよく分からない。蟻の字でびっしり印刷された使用説明書を読めば分かるのかもしれないけれども、そんな気にもなれない。食べたいものもない。何を食べても、柔らかくて少しグルタミン酸の味がするだけで、美味しいともまずいとも思えない。本当は、外出する気もしない。でも、そう思うのがいやなので、わざといそいそと出かける。「ちょっと、でかけてきます。そびれてばかりいても失格でしょうから。」

と言うと、きのこさんはベッドの中から目を細くして笑って、「いってらっしゃい。」と言う。妬んでいるようには見えない。きのこさんは、外出できないのではなくて、もう外出など卒業してしまったのかもしれない。

駅前の大通りに出ると、ブリキの猿たちが何百匹もシンバルを叩き鳴らしている。ところが、わたしの耳のまわり十センチ四方だけは音が立ち上がれないのか、静まりかえっている。だから、「町は音が煩いから、耳が遠くなってちょうどいいです。」と検診の時に、耳鼻科のお医者さんに言ってしまった。

自分で耳が遠いと言ってしまってから、本当に、そういう言い方があるのか、自信がなくなってきた。耳が遠いはずがない、自分自身の耳が遠く離れていってしまうなんて。もし耳が遠くにあるとしたら、それは、耳を削ぎ取って、誰かにあげてしまったからではないか。あれは気前が良すぎた。あれは本当は、あげたのではなく、あずけただけなのに、相手に誤解されて持ち去られてしまったらしい。わたしは気前が良すぎるので、いつもこういうことになってしまう。それとも、あの時は自分から本当に、耳を捧げたいと思ったのか。よく覚えていない。

「わたくしも、人並みに、人様にお耳を捧げたことがございます。」と、きのこさんが言っていたことがある。「でも、その方は遠くへいらしてしまいました。」遠くというのは、地獄のことかもしれない。かわいそうだけれども仕方がない。他人の耳を持ち逃げするような奴は、地獄耳の耳垢になって朽ちるしかない。そういう運命なのだから、どうしようもない。助けてあげたいとは思っても、耳垢になられてしまっては、もう助けられない。耳鼻科の先生は、何を思ったのか、「少しくらい聴覚が衰えても仕方ありませんよ。」と唐突に言った。「もし、あまりひどくなったら、付けるものを付ければいいんです。」

地獄が耳の形になって開いているのは、果たしてどのあたりのことか。頭の中だけで、外出してみる。駅の横から線路沿いに細い道が続いている。おでん屋とラーメン屋の屋台がある。古本屋がある。貸レコード屋がある。そこをどんどん奥に入っていったら、地獄が耳になって開いているような気がする。それは、ちょっと離れて見ると、乾きかけた水たまりのように見えるかもしれないが、すぐ傍まで近づいて見れば、縁の泥のうねりが耳たぶの肉の色に見える。

耳たぶなら貸してもいいような気がしてきた。穴を貸すのが嫌なだけで、外側ならいい。「タブならいいですよ。」と声に出して言ってみると、その時は部屋にわたしひとりしか人間はいなかったので、窓際の花瓶の中で萎れかけた薔薇科の植物が頭を持ち上げてこちらを凝視し、カーテンがなびき、わたしの頬をなぶり、天井が脂ぎってきた。どうして、部屋にいるのは、わたしひとりなのか。きのこさんは手術を受けると言っていた。どうやら、それが今行われているらしい。もしも、下手な切られ方をして、何か足りなくなってしまったら、きのこさんは戻ってこないかもしれない。そのくらいならば、わたしのを献上したい。ひとつくらいならば、あげてもいい。身体には、ふたつ在る器官もいろいろある。耳もふたつある。肺もふたつある。子宮も確かふたつあったのだと思ったけれども、よく覚えていない。「十二シチョウならば、ひとつくらいあげてもいいでしょう、十二もあるのだから。」という使用人の声が聞こえてくる。「ジュウニヒトエなら一枚くらい脱いでも寒くはならないでしょう。」寒い。窓は全部閉まっていて、暖房の振動が聞こえるのに、冷気が床からベッドの足を這い上ってくる。

深夜、きのこさんが、銀色の台に横たわって、真っ白なテーブルクロスを身体にかけられて、戻ってきた。わたしは眠っているふりをして、一部始終を観察していた。きのこさんは意識を失っているようだった。テーブルクロスには、イチゴジャムのしみがついていた。

翌朝、どういうわけか、わたしは明るくなるまで目がさめなかった。まぶしいので、目を開けると、きのこさんがわたしの顔を横からじっと睨んでいた。ぎょっとして、「本当に申し訳ないんですけれどね、お耳をお貸しすること、できないんですよ。人にだまし取られてしまって。」と言い訳すると、きのこさんは力なく微笑んで、「あら。それは、ごしゅうしょうさま。」と答えた。何か傷があると思って慰めてくれているらしい。耳を切り取られた後の傷口に、秋の心が染みる。そう思った途端、はっとした。「ごしゅうしょう」という漢字が一瞬ひらめいていたような気がしたのだ。

それにしても、みみきずは、実際どういう風に見えるのか、何しろ、目のすぐ隣なので自分では見えない。本当に切られてしまったらしい。ゆうべ、刃物で身体を切られたのは、わたしではなく、きのこさんの方なのに。昨夜のわたしは、うごめく者たちに脅され続けていた。これから、刃物を持って、取りに行くぞと、闇の中から予告に予告を重ねて。耳をひとつ削ぎ取るぞ、と言われた。それならば、耳にマジックペンで魔除けの詩を書いておこう、そうすれば、さわれないだろう、と答えると、それならば肝臓を切って取っていくぞ、と言われた。かたちのないものたちの脅迫。抱きつかれると、なかなか振り解けない。でも、自分の肝臓なんて見たことも触ったこともないものだから、たとえ取られても平気かもしれないとも思った。思えば、情けない存在。自分で自分の内臓も見たことのないような人間。

「あなた、ご自分のをご覧になったことありまして?」と言って、きのこさんは、けらけら笑う。わたしは、ぎょっとして、言葉が出なくなる。どうにか逃げようと思って、「鏡を見るのも億劫になってきました。」とありきたりの挨拶を返すと、「あら、手鏡ひとつあれば。」と言って、今度は風鈴のように笑う。わたしは、手を鏡に見立てて、自分のうなじを映してみる。「あなたは上の方ばかり眺めていらっしゃるんですね。」と、きのこさん。わたしは、はっとして、引き出しを開けて、手鏡を探した。手鏡が見つからなかったので、ほっとして、話をそらすきっかけになるような物はないかと、引き出しの中をかきまわした。昔は、雑物が多すぎて整理するのが面倒だった。雑物とはどんな物だったのかと聞かれても、おかしいくらい思い出せない。便利な物が多かったような気がする。今は何もない。やっと見つけたのは、カビの生えた財布がひとつ、小銭が中に入っているようだけれども、わざわざ開けるのも億劫で、そのままにしてある。

「あなた、ご自分のをご覧になったこと、ありませんの?」きのこさんの執拗な問いかけは止まない。知らん顔しているわけにもいかないので、きのこさんの顔を見ると、頬が桃色に染まり、唇が燃えている。「よく分かりました。助けてください。」というのが、わたしの答えだった。その夜も、翌日の夕暮れになっても、助けは来なかった。わたしは、待つだけの自分にいらいらしてくる。待つだけの女では受け身すぎる。演歌ではないのだから。せめて攻撃的なことを口の中だけでもやってみようと、歯ブラシをヴィヴァルディのヴァイオリン曲を考えながら、恐ろしい速さで動かしてみようとする。指がもつれて、うまくいかない。仕方なく、壁をどんどんと平手打ちする。けっこう、大きな音がする。それでも、どうしても、閉じこめられたようなところから出ることができない。こもってしまう。こめかみに血が上ってくる。「どうなさったんです。」心配そうな顔。誰だったか、忘れてしまった、この人。「そんなに大きな音を出して、どうなさったんです。」まだ、敬語を使っているな。敬語さえ使ってくれれば、何を言われてもそれほど腹が立たない。「大きな音って？　ききちがいでしょう。」と答えてやった。ところが、「ききちがえた」とうまく言えなくて、そのあたりが、くしゃくしゃになってしまった。「き」を続けて二回やるのを舌が面倒がる。「き」と言って舌と口蓋の間の狭すぎる通り道から摩擦する唾液を一気に送り出すのは一回でも大変なのに、それを続けて二度行うのがつらいので、「き」が一回になってしまう。「もう、おやめになってください。お食事のお時間ですよ。」「きそびれたんですよ。」「おいそがしくて。」「つい。」「それにしても、この頃は。」食事をしながら大勢と話をする時には、言いたいことを探しているのではなく、触ってはいけないことの間の細い通りを潜り抜けて、どうにか前に進んでいく。間違ったことを言うと、相手の粘膜に傷が付く。相手は、うめいて、眼をむき出す。それを見るのが面倒くさい時は黙ってしまう。何か言われても、答えない。早くきのこさんとふたりになりたい。きのこさんには気を使う必要がない。その代わり、何を言われるか、分からない。「ぴくぴくして、おもしろいですよ。」などと言って、きのこさんは息なく笑う。「でも、少し怖くはありませんか。」「そんなことないですよ。だって、自分のじゃありませんか。」「人様に見られたりしませんか？」「そんなこともう気にならなくなりました。」「濡れていたりして怖くありませんか。」「そんなこと。怖くはありませんよ。雨がふれば、窓さえ濡れるじゃありませんか。」

きのこさんの匂いが急に変った。シャネルの「利己主義者」という銘柄の香水を以前、世話をした人にもらったのだそうだ。「あ、いい香り、かぎちがえるような美人になりましたね。」と言うと、きのこさんは、ねっとりと笑ってわたしを睨んだ。匂いが変わると、親しい人でも急に他人になってしまったようで、なんだか居心地が悪くなる。「昔お世話をした人にね、いただいたんですよ。」どういう世話をしたのかと言うことまで尋ねては失礼に当たりそうで、尋ねることができない。そんなわたしの心を察したのか、「おむつのお世話からお風呂まで、何でもしましたよ。」と言うので、なんだ、息子のことかと納得した。

その「息子」というのは、実は話に出てくるだけで、姿を見たことがない。きのこさんの視線が、何も言わずに宙を彷徨っているような夕暮れ時には、あれかな、と思って、わたしも宙をじっとみつめる。無数のアメーバーが空中を漂っているのが見える。それはひょっとしたら、眼球をうっすらと包む液体の中を浮遊する埃にすぎないのかもしれない。

「おとずれましたか。」と尋ねても、きのこさんは答えない。そこでわたしは、きのこさんのお皿の上の、ぱさぱさの食パンに手を延ばし、急いで自分の口に押し込む。日曜日にはパンが出る。キリストの肉のつもりで出しているのかと思っていたら、日曜日は料理人が休みで、ご飯が炊けないから、パンなのだそうだ。

月曜日の夜があけて、使用人たちの足音がばらばらと耳地平を乱しはじめると、きのこさんはふいに「食パンとわざわざ言うのは、おかしくありませんか。パンは食べるものと決まっておりますのに。食パンではないパンもありますか。」などと言う。わたしは知らん顔をしている。こういう時に、きのこさんの質問に答えると、まわりの人達に自分がきのこさんと同じ程度に見られてしまいそうで怖い。使用人たちは、きのこさんの身体をぺらっとひっくり返して、「パンを食べませんでしたね。」と責めたてる。「排泄がないということは、パンを食べなかったということです。どこかに捨ててしまったのですね。」きのこさんは、不思議そうに目をぱちぱちさせているだけで何も答えない。使用人たちは、三人寄り集って、きのこさんの背中を、ぱんぱんと叩く。すると、埃が舞い上がって、きのこさんの背中が真っ白になる。きのこさんは気持ち良さそうに目を細めているが、わたしは埃を吸い込んで苦しくなって咳込む。パンはどこよ、パンはどこよ、の騒動が起こる。ベッドの下に捨ててあるのではないかと腰を曲げて顔を傾けてのぞいている人がいる。窓の鍵がしまっているか調べている人もいる。パンよ、パンよ、おまえはどこに消えたのか。

　朝の慌ただしさが引いて、使用人たちが姿を消すと、どこからか電話の音が聞こえてくる。受話器がないので、電話に出ることができない。受話器のない電話機をわざわざ作らせるのだから、ここの人たちは意地がわるい。でも、鳴っていることが分かるだけでも、全く何もないよりはいい。出られなくても電話は電話なのだから。鳴っている、と思うと上半身が暖まる。わたしに電話してくれる人がまだいるらしい。しばらくすると、電話機は黙ってしまう。わたしに触わられることなく。それから、きのこさんの電話が鳴り始める。そういう時に限って、きのこさんはうたたねしている。わたしは、向こうを向いて眠るきのこさんの背中をぴしゃぴしゃと叩いて、「なってますよ、なってますよ。」と繰り返す。きのこさんは、わざと気がつかないふりをしている。電話など頻繁にかかってくるから毎回出る必要はない、とわたしに自慢したいらしい。わたしはどうでもいいのだけれど、せっかく呼び出しがかかっているのに、意地を張って気がつかない振りをしていれば、後で後悔するに決まっている。耳地獄に落ちたら、電話がないかもしれないし、あっても、もう誰もかけてきてくれないかもしれないのだから。「呼んでますよ、聞こえないんですか。」鞭のようにしなりをつけて、きのこさんの背中をぴしゃんぴしゃんと叩く。

ふいに後ろから身体を抑えられる。「やめなさい。どうしたんです。人をぶつのは、やめなさい。」不良少女たちがわたしを抱きしめて、叫んでいる。わたしが、きのこさんと付き合っているのが気に入らなくて、この人たちは時々、爆発する。ねたみ、そねみ、にくみに心が囚われているから、人の行動をすぐに誤解する。わたしの説明を聞く耳を持たない。若いから仕方ない面もあるけれども、若さにまかせて人の身体を抑えつけるのは許せない。目の前に手のひらが見えたので、力まかせに噛みついてしまった。すると、扇のように細い骨と骨の間に面白いように歯が入って、それから、悲鳴とともにその手がものすごい勢いで空に舞い上がったので、こちらの口も、ぐいと引き上げられて、顎が外れそうになり、それから先のことは何も覚えていない。

また、目が覚めてしまった。「おみみをおかして」ときのこさんが言うだろうと思って息をひそめているのに、あたりはしんと静まりかえって何の物音もしない。きのこさんの寝息さえ聞こえない。起き上がって電気をつけようと思うのに、起き上がる気になれない。こうして、ぐずぐずしていれば、いつかは、窓の外から光がさしてくるだろうけれど。毎朝、夜の明ける時間が遅くなっていく。待ちくたびれて、もう暗いままで結構、と言いたくなる。夜が引き伸ばされて、いつまでも暗いままで、毎日、朝も昼も暗いのが普通になってしまったら、それはそれでいいかもしれない。明るくなるのを待つのが苦痛なのだから、もう明るくならないことが分かったら、ほっとするに違いない。暗いままなら、暗い中を外出しよう。暗いのが当り前になれば、闇も怖くない。タールの空に、ここそこと光る星屑や遠い町の街灯の明り。すうっと起き上がってみた。すると、身体がとても軽くて、どこにも力を入れなくても起きあがることができる。妙に頭がすっきりしている。骨の痛みも肌の火照りも嘘のように消えて、踊子のように、すっとつま先で床に立つ。身体の重さがつま先にかからない。ちょっと跳躍すれば、すっと昇ってしまいそう。ぽんと跳んでみると、天井に指が届く。愉快で仕方がない。窓を開けると、目の前に電信柱のような樹木がすくっと伸びている。こんな木がここに生えていることには今まで気がつかなかった。葉は一枚も残っていない。天辺が見えないくらい背が高い。その木のかなり上の方に、きのこさんがコアラのようにしがみついている。左腕を幹にからめて、右手をふっている。あんなに高いところに、ひとりでよじ登ったのか、それとも、この窓から飛び移ったのか。「おいでなさいな。あなた、おいでなさいな。」きのこさんは、なんとか言う名前のウグイス科の野鳥のように不思議な音階で歌いながら繰り返す。わたしは、いつの間にか肩に力が入り、腕を翼のように悠々と動かし始めている。飛んでみたいような気がするけれども、腰の辺りがまだまだ重い。頭も砂袋のように重い。落ちれば腰の骨を砕かれて、頭蓋骨が潰れてしまう。「おいでなさいよ。」きのこさんの声が誘うと、落ちないような気もする。飛んでしまえば落ちないのかもしれない。声に乗ってしまえば、重力は消えるのかもしれない。そう思って、窓枠に足をかけた瞬間、後ろで喧しく騒ぎたてる人間の声がして、突然冷たい腕が脇の下に差し込まれ、乱暴に引き戻された。石鹸のにおいのする他人の手のひらが、なまなましい肉色の蝶となって目の前を飛び回る。いつの間にか、床に倒れていた。

「もうお会いできませんねえ。」ときのこさんが、夕焼けのカラスのように妙な声で歌っているのが遠くで聞こえたけれども、あわてて窓にしがみついて身を起こし、窓の外を見ると、電信柱のような樹木はもう消えていた。

ペニスに命中

筒井康隆

筒井康隆

一九三四年大阪府生まれ。作家。同志社大学文学部卒業。八一年『虚人たち』で泉鏡花文学賞、八七年『夢の木坂分岐点』で谷崎潤一郎賞、八九年「ヨッパ谷への降下」で川端康成文学賞、九二年『朝のガスパール』で日本SF大賞、二〇〇二年紫綬褒章、一〇年菊池寛賞、一七年『モナドの領域』で毎日芸術賞。他の著書『時をかける少女』『家族八景』『虚航船団』『文学部唯野教授』『銀齢の果て』『聖痕』『創作の極意と掟』など。

食卓の上の置時計がわしを拝んだ。時計とは柔らかいものだが、人を拝む時計というのは面白い。珈琲カップを床に叩きつけて割ってくれと頼んでいるのでわしはそうした。わしがどんどん大きくなるのは宇宙が収縮しているからなのだという、さっきまでの考えを続けようとしていると台所から女が出てきて言う。「どうしたの」

わしが黙って痴愚神とか阿呆船とか、そのようなことを考え続けていると女は珈琲カップの破片に気がついたようだ。「あらまあ、いやねえ」

女が台所へ戻ったので、かわりの珈琲を淹れてくれるのだろうと思っていたら、なんと箒と塵取を持ってきたのでわしは激怒した。怒ったからといって怒鳴ったり張り飛ばしたり殴り殺したり射精したりはしない。わしは静かに立ちあがった。女は眼を見開いて今度は何をするのかという顔をした。

「惚け老人だから何をするかわからぬという怯えた顔をしとるが、わしはお前らの言う認知症などではないぞ。わしは謂わばパラフレーズ症なのだ。別名互換病」

それからしばらく後のことだと思うが、わしは自分の寝室にいた。最近は時おり時間が飛んで短く記憶を失う。これは恐らく論理の飛躍を意味しておるのだろう。思索を発展させるためには好ましい現象だ。

「憲治が五時ごろ取りに来る筈だから」と、さっきの女が言っておる。「必ず渡してね。さっき銀行が持ってきた二百万円ここにあるから。今日渡しとかないと憲治がすごく困るのよ」

「なんで銀行から直接振込ませなかったんだよう」間延びした男の声だ。あんなに間延びした男なんて、この家に居たっけ。

「何言ってるの。銀行から振込んだりしたら出どこ調べられるじゃないの」

「わかったわかった。その銀行の封筒だな」

「そうよ。あなた今日は一日、在宅で仕事なのね。家にいるわね」

「ああ。いるよ」

女が家を出ていったようであり、だからわしもそろそろ出かけなくてはなと思う。今日は大学での講演がある。修辞的濃密性を教えるのだが、やはり図像学的な解釈で説明してやるべきなのだろうな。パジャマのままで外へ出るとまた徘徊老人と思われて家に連れ戻されるから、わしは洋服箪笥から出した背広をきちんと着込んだ。その前にワイシャツを着てネクタイを締めるのも常識だし、ネクタイを強く締め過ぎると窒息して死ぬというのもこれまた常識だ。つまりは認識論的実在論や真理の照応理論が世迷い言であるのと同様の常識であると言えるだろう。学生はみな莫迦だが、莫迦だからこそ学生はよきものなのである。

昼下がりの秋田県という気分でリビングに戻るとテーブルには銀行の封筒が置かれていた。言うまでもないことだが二百万円の札束というものは盗まれるために存在する。盗む者はわししかいないので、これを持って行こうという解釈学的了解のもとにポケットへおさめ、玄関に出る。奥の書斎ではピッピッとパソコンが鳴り続け、行ってらっしゃいませとわしに言っておる。なあにただ単にわしの行く先を捕捉するためネットを張り巡らせておるだけなのだ。

住宅街的な住宅街の道路に出ると、またしても少し時間が飛んだらしく、わしは見覚えがあるようなないような公園を歩いていた。講演に行こうとして公園にいるというアナロジイ的飛躍。おお。モンタージュ技法が身についてきたらしいぞ。陽光が雨あられと降りそそぎ風が吹きつけては遁辞とともに去っていく。彼方の道路、公園の入口あたりに交番と思える建物が見えたのでわしは近づいていった。いずれ殺されることになるとも知らず若い命知らずの警官が机に向かっている。

わしは彼の前に立ち、「馬車物語」で石中先生をやった時の徳川夢声の声色を使って言った。「ああ。少しものを訊ねるが」

「はい。何でしょう」警官はわしの声と姿で非常に驚き、立ちあがった。

「もうすぐ講演をしなければならないんだが場所がわからなくなった」

「あっ。そりゃ大変ですね」

「大変なのだ。何しろ欲動のエネルギーにおける反復の自動性という世界で初めての公開講義なのだよ。確かこの近くだと思うが、ブリヂストン大学の講堂はどこかね」

「えっ。そんな大学あったかなあ。ちょっとお待ちください先生」警官はとりあえず壁に貼った地図をざっと眺めまわしてから、奥の部屋にいるらしい同僚に声をかけながら席を離れた。「おうい。ブリヂストン大学というのは、この辺には」

あっ馬鹿め。なんという馬鹿だ。最高裁判所クラスの馬鹿ではないか。机の上に拳銃をケースごと置いたままだ。言うまでもないことだが拳銃というものは盗まれるために存在する。わしはケースから拳銃だけを抜き取り銃身をベルトに差し込んでそのまま午後二時前後の、人生って不思議なものですねなどと絶唱しているような気ちがいじみた道路に出た。

おおおおだがしかしそこは嵐吹き荒れる廃墟の如き社会。浮世という名の荒波が恐ろしやの怒濤となって屑のような人間たちを呑み込んでゆき、果てしなき荒涼たる沙漠が阿呆の善人と希代の悪漢とを問わず生身の身体を海馬回といわず虫様突起といわずすべて干涸びさせてしまう地獄の現代日本だ。しかしわしは平然として道路交通法に従い歩き続けて陽が傾いて歩き疲れてカフェテラス、道路に面したテーブルでわしはまず拳銃を解体した。どうも昔わしは刑事であったのか自衛隊員であったのか、はたまたそれよりずっと前に陸軍中尉ででもあったのか、拳銃の分解組立ては眼を閉じていてもできるのである。よくできたモデルガンですね、とでも言いたげにボーイが微笑しながら横に立ち、わしのオーダーを待っていた。

わしは言った。「カフェラッテ・シャクラット。それに予備の銃弾。リボルバーの二十二口径だが」

「カフェラッテ・シャクラット。かしこまりました。銃弾はございません」

弾倉の銃弾を数え、六発あれば六人殺せるからまあよかろうと思い、拳銃を組立ててからわしは銀行の封筒を出して次は札束の勘定にとりかかった。百万円を数えてから百一万円めにうまく繋がらず、つい二百万円、三百万円と数えてしまうので時間がかかったが、大丈夫きっかり二百万円を確認した。周囲にいる客たちが凸面レンズのような眼でわしを見ている。すぐ近くの男が携帯電話をかけていてうるさいので、わしは水の入ったコップを地面に叩きつけてやった。ケータイの男はわしが睨みつけているにもかかわらず一瞬不審そうにこちらを見ただけで相変わらず、まだ予算だの政府関係者だの前の経済企画庁の長官だのあいつらは何も知らないからなどと喋り続けている。今度はカフェラッテ・シャクラットの入ったグラスを思いきり敷石に投げつけてやった。もしそれでもまだケータイをかけ続けているようだったらテーブルと椅子を叩き壊してやるつもりだったのだが、男はさすがに怯えた表情を見せてケータイを折り畳んだ。ボーイがやってきたのでわしはテーブルに一万円札を一枚置き、このような経済社会空間はいったん解体すべきであるが、とにかくその釣りはチップだなどと言い置いてからカフェテラスを離れた。「その通りでございます」とボーイがわしの背中へ丁重に言葉を返す。

しばらく前からわしが札束を勘定する姿を道路に立って観察し続けていたらしい四人の若者が隣のビルの庇下にさっと身を隠した。この金を狙っておるなとわしは思い、あいつらのためになんとかわしを襲いやすくしてやることはできないものかと考えた末、大通りから外れて狭い商店街に入り、そこからさらに、からだを横にしなければ入れないというほどではないものの、飲み屋街の細い路地へ折れた。その路地からはさすがにそれ以上の狭い路地は見つからなかった。さいわい飲食店はまだどこも開店前であり鼠以外に人通りはない。
「おい爺さん」
おいでなすったな、わしは殺人の快感を期待しながらにやりとして振り向いた。正面にいる若者が醜く成長したジャイアン、その背後に立つ三人は若き日のアレック・ギネスとマジックペンで目鼻を描いた卒塔婆と壊れかけた信楽焼の狸だ。
「何笑ってやがる。金を出せ」親分株らしいジャイアンが言う。
「フランスの前衛詩人でシュルレアリストのゲラシム・ルカがこんな詩を書いている」わしは朗唱した。
オー　キミが好き　ボクは
キミが好き　キミが好き　キ
キミが好き　好き　好き　キミが好き
パッションでイッパ　好き　ボクは
キミが好き　パッションイッパイで
キミが好き
パッションでイッパイで　シッパイで
「何言うとるんだこの爺さんは」「惚けてるのか」「ヤクでいかれとるのかもな」

若者たちが顔を見あわせて笑いはじめたので、わしは大声で怒鳴った。「黙って聞かんか。これが欲しいんだろ」

ポケットから銀行の封筒を出して振ってみせると若者たちは笑わなくなり、沙漠でコカコーラを見つけたかのような恋い焦がれる目つきになった。

「さて、このゲラシム・ルカのところへ自分の作品を読んでほしいとやってきた若者に、彼は拳銃を取り出して言った。読んでもいいが、お前が本当の『作家』でなければ撃ち殺すとな」わしはベルトから拳銃を引っこ抜いた。「結局その若者は詩が下手だったから射殺された。ところでお前たち、なんでもいいから詩を朗読してみろ。さっきの詩のような素晴らしい詩をな。詩でなくても。和歌でも俳句でも川柳でも都々逸でもいいぞ。わしを感動させたらこの金をやる。下手だったらお前たちの命はない」

「あはははは。こんなもん、モデルガンに決ってるじゃん」ジャイアンがわしの手から拳銃をひったくろうとした。

わしは発砲した。反動で銃口が跳ね上がって近くの雑居ビルの窓ガラスが割れた。衝撃を予期していなかったのでわしはよろめき、二、三歩後退し、さらに四、五歩あたりを歩きまわって体勢を立て直した。こんなに反動が強かったかなわしも老いぼれたなと思いながら周囲を見まわすと、若者たちは逃げ去っていて、ただひとり壊れかけた信楽焼の狸だけが路地の片隅、ビルの階段前のバケツにつまずいて倒れていた。わしは彼の傍に行き、その顳顬に銃口を食い込ませて訊ねた。「小便の臭いの立ち籠めるこんな路地の片隅で、短くもみじめな一生を終えるというのはどんな気分かね」

「小便が出ました」と信楽焼の狸は言い、くるりと眼球を裏返して白眼になり、気を失った。パンツがびしょびしょだ。小便臭かった筈である。

気絶した人間を射殺したって面白くもなんともない。弾丸を一発無駄にしたなと思いながらわしは路地を出た。残りの銃弾は禿頭の数本の髪の如く貴重である。だがこの辺には確実に人を撃てるような人込みがない。貧困層が客であることを誇りにしている商店街を出て、もう少し上品な駅前商店街をあちこち物色しながら歩いていると、町内会の掲示板に本日夕刻より行われる講演会のポスターが貼られていた。「源氏物語の魅力について」という演題で講師は知らない大学の知らない男性教授である。場所は公民館。ここなら標的がどっさり雁首を並べている筈だ。

ポスターに書かれていた通り公民館は「スグソコ」にあった。つまり掲示板の裏が公民館の建物だったのだがわしは正面玄関から入らずに横手の職員通用口から館内に入った。控室と書かれた部屋にはテーブルを囲んだ数脚の椅子がプロデュース会議を開いているだけで他には誰もいず、ホールの方ではすでに誰かがマイクに喋っている。暗い舞台裏からホールの上手に出ると演壇で詐欺師の笑いを浮かべながら喋っているのはどうやら主催者であるホールの職員らしく、講師の経歴を紹介している。講師と思える小肥りのきちんと背広を着た初老の人物は薄暗い中でパイプの椅子に腰をおろし出番を待っている。わしはベルトから拳銃を抜き、髪が薄くなったその大学教授の頭頂部めがけてうしろから銃把を振りおろした。教授が泣きもせず呻きもせずたちどころにおとなしく失神したのでわしはその重いからだをホリゾントに運び、海底の蛸のようなぐにゃりとした姿の教授を垂れ下がっている黒幕のうしろへ靴の先で押し込んだ。

「それでは先生どうぞ」

司会者は自分が拍手することによって客に拍手を強制しながら下手に引っ込んだ。わしは明るい演壇に出た。隅に花瓶が乗せられた頑丈そうな演台から見渡せば白髪、出っ歯、金縁眼鏡、でぶ、大根足、ちび、痩せ蛙、安物のネックレス、丹前の袖口のような口紅、茶髪、前だけ紫色に染めた髪、笑ってもいないのに剝き出しになった歯茎、その他その他の大多数が女である。最前列には夫婦者がいて、妻はもちろん女だが、夫も女だった。そのうしろには子供を三人つれてきている女もいた。ひとりは女の子であとの二人もやっぱり女の子だ。なかば想像していたものの、ひやあ全部女だなどと思いながらわしは喋りはじめた。源氏物語なら大学教授時代に何度か講義で論じたような記憶がある。その記憶が完全に失われていたとしてもまあまあ何とかなるだろう。

「本夕はまあまあ何とかなるということで突然やってまいりました。そうです。何とかなりますのでご安心ください。ところで本夕の演題つまり『源氏物語』でありますが、実は『源氏物語』などというものはありません。そもそもこの作品には表題、タイトルがないのです。では昔はこれを何と呼んでおったのか。『光の君のトコトンヤレトンヤレナ』だったのかもしれませんし『紫ちゃんのすたこらさっさ』だったのかもしれません。作者がタイトルをつけておらんのですわ。しかし紫という人は本当にいたようですな。だがこの人が本当に作者だったのかどうかもはっきりしておりません。確かに作品が評判になって認められて、一条天皇中宮である彰子のもとへ出仕して、その間も書き続けて完結させたと言われていますが、こんな膨大な作品を彼女がひとりで書いたとはとても思えません。この紫式部のパトロンだった藤原道長などもだいぶ手伝っておる筈ですな。いややわしが言っておるのではない。これらをすべて紫式部が書いたと主張している学者でさえ道長の手が加わっておることは認めておるのですぞ。さらにまた紫式部の娘の大弐三位にも書かせておる筈ですし、死んでいる筈の父親の藤原為時やらこれも死んでいる夫の藤原宣孝までもイタコにあの世から呼び出させて書かせたと言われております。というのもこの作品、主人公は変るわ、筋は一貫してなくてばらばらだわ、文体もテーマもころころ変化するわ、まさに駄作あるいは失敗作と呼ぶに相応しい作品であるのです。だいたいですな、主人公が死んでからあと、その孫の世代にまで及ぶ短篇の後日談が金魚のウンコみたいに内容もばらばらなら人物もばらばら、えんえんと続くのです。わしが考えるにこれはこの作品の評判がよいので近所の女房連中が面白がって自分でも書き、持ち込み原稿、つまり式部のところへ持ち込んできたに違いないのですわ。これに式部はちょんちょんと手を加えてあの悪名高い『宇治十帖』として纏めたに相違ありません。だいたいあの辺の内容はなんですか。人を莫迦にしているにも程がある。莫迦にするなっ。ああいやいや、つい興奮して失礼いたしました。それではなぜあの作品、現代にいたるまであのように評判がよく、何度も何度も出た現代語訳がいずれもあのように売れておるのか。これはつまり読者が阿呆だということです。言うまでもなくあの本の読者はほとんどが思弁を自らに戒める貴女がた阿呆の女たちなのであります。フェミニズム思想をあの作品の中に感じ取った女学者に煽動され、エロス的な次元での連鎖がこの都市は勿論のことあらゆる都市のエロティシズムの中で社会性を持ったのです。作者が女であるからこそのおまんこによる同志的結合が発生し、それによって今日もまたここでのこの集合的無意識によるおまんこの大集合が行われておるのです。ここで問題となるのは読書のうちに存在する欲望または非欲望であって、特にこの作品のように読書を義務に変えてしまう社会的な拘束、阿呆のおまんこの『あらあたしゃ読みましたわよ』という通過儀礼的な、ほとんど儀式的な痕跡に導かれてのみわらわらと集ってきておるあんたがたなのであります。そのあんたがたどこさ肥後さ肥後どこさ熊ちゃんさ熊ちゃんどこさと鷗に問えばわたしゃ立つ鳥ええ波に聞けのその行方たるやこれはもう地獄としか言いようがない」

喋りながらもさっきから演台の上の、右端に乗せられている花瓶が気になってしかたがない。菊と思える黄色い花でいっぱいのその紫の花瓶が時おり「隣は便所」などと歌うので、邪魔でならぬ。わしは右手をのばし、花瓶を払いのけた。花瓶は下手に飛んで演壇に黄色と紫の残骸を撒き散らし、砕け散った。その時ちらと下手の袖が眼に入った。わしの言辞と破壊行為に驚いたらしい職員と思える三人ほどの男がおれを捕まえようとしているかの如く身構えている。上手を見るとそこの袖にも二人。

「面白くないわ。馬鹿にしないで」最前列にいて最初からノートにメモしていた家庭の医学風の女が立ちあがり、そう吐き捨てて中央通路を出口へと歩きはじめた。

それを機に、それまで痴呆の如くわしを眺め、静まり返っていた女たちが百足の大群のようにいっせいに身動きし、ざわめきはじめた。「この人、何なのよ」「気ちがいだわ」「やめさせられないの」

わしは拳銃をベルトから抜いて銃口を客席に向け、大声で叫んだ。「黙れ。静かにせんか」

最前列の数人が悲鳴をあげた。「この人ピストル持ってるわ」「ピストルよ」

わしは笑った。「そうか。これがピストルに見えるか。なるほどあんたたちにはこれがピストルに見えるだろうな。だがしかし、騙されてはいかん。実はこれはピストルだ」

拳銃を発射すると、またしても銃口が跳ねあがり、銃弾が天井の照明器具に命中した。ガラスの破片が客席前列附近に降りそそぎ、それと同時にほとんどの客席の女たちが立ちあがり、悲鳴と叫喚とよいとまけを合唱しながら逃げようとする。だが通路は狭く出入口たるや絶望的に小さいドアが三か所にあるだけだ。ええいこのギャーストどもめがと怒鳴りながら、わしも演壇から飛びおりて中央通路を突進した。袖に出れば職員どもが待ちかまえているからだが、押し合いへし合いの女どものぷよぷよ、ぶよぶよ、時にはぴちぴちぷちぷちのでかい尻を押しのけて出入口にたどりつこうと努力する中、ふと横を見るとわしが気絶させた本日の本来の講師であるあの大学教授までが、女たちを押しのけて出入口へと向っている。

「あんたは逃げなくてもいいんじゃないの」とわしは彼に言った。

「恥ずかしいので」と、彼は申し訳なさそうな笑みを浮かべて言った。「教授ともあろうものが、演壇に出る寸前緊張のあまり失神しました。その時に打ったらしくてまだ頭がずぎーん、ずぎーんしておりますがね。まったく恥ずかしいことです。これはもう、逃げるしかない。わたしのかわりに話してくださったのはあなたですかな。しかし夢うつつで聞いたあの講演、あれはわたしの本音を吐露してくださっているようでまことに心地よきものでありましたよ」

わしと教授は女どもに揉みくちゃにされながらやっと公民館を出た。

「ではわたしはこっちへ行きますので」

わしと教授はハイタッチをしてから右と左に別れ、わしは街路に佇む女たちの罵声を浴び、うしろ指をさされながら小走りに駆けて駅前から離れた。行きがけの駄賃に一発ぶっ放してやればよかったとあとで気がついて、気がついてみればまだ誰も射殺していないのであったがしかたがない。お喋りと、そのあとは逃げるのに懸命だったのである。逃げる途中、死後硬直のまま歩いてくる婆さんと衝突した。死後硬直の婆さんが大声で悲鳴をあげたため、わしはさらに逃げた。

「お前がリビングのテーブルなんかにぽいと置いとくからだ」

「そう思うんだったら、あなたがちゃんと持っててくれたらよかったんじゃないの。きっとお父さんが持って出たのよ。憲治、どう言ってた」

「五時きっかりに来たけど、金がないのでがっかりしていた」

「憲治、会社で困ったことになるわ。お父さんはどこへ行ったのかしらねえ」

「警察に届けて、捜してもらおうよ」

「何言ってるの。もしお父さんが見つかって二百万円も持ってることがわかったら、いったい何のお金だって問いつめられるじゃないの」

「じゃあ、お父さんが帰ってくるまで待つしかないのかい。まあお父さんはたいてい、必ず帰ってくるんだけど。遅くとも次の日くらいには」

「またあちこちで物を壊し続けてるわ。そのたびにお金を払って弁償して。ああ。こうなったらもう、できるだけお金を減らさないで帰ってくることを祈るしかないわね」

祈るが如く恨めしげに日は暮れてここは新宿歌舞伎町の繁華街である。店主も店員も客も支那人ばかりの支那料理店で鱶鰭のスープと酢豚と海鮮炒飯を食べたわしは、獲物を探しながら人込みの中を歩きまわっている。この附近、どうやらわしのようにまともな人種は近づかない場所であるようだ。なぜならわしのように物騒な人種ばかりだからである。そして客引きが多い。わしのようにきちんとした服装の人間を見るとすり寄ってきてこの世ならぬ体験をさせてやるみたいなことを耳もとに囁く。この世ならぬ体験というのは即ち死ぬことではないか。

「社長。わたしのお店に来てよう」一手に店名を書いたカードを持って花売り娘風の衣裳を着た娘が傍へやってきた。このあたりには珍しく可愛い娘だ。

「おう。君は可愛いな。可愛い可愛い。あまり可愛いから抱きついて抱きしめて抱きすくめて射精して、ついでに首締めて殺したくなるくらいだ」

「あはははは。社長、面白い」

痴呆的な笑いかたから判断するに、あまり頭のよくない娘のようだが、だからこそわしの好みだ。「そんならお店に来てよ社長」と言うのでお前さんが相手をしてくれるのかと聞くとするすると言うので、おれは彼女に案内されて「ドグマ」というその店に行った。店はビルの薄暗く小便臭い階段をあがった三階にあり、ドアは黒い地獄のステージ・ドアだ。わしは店を見渡しながら大声で店内の情景描写をした。

「これはこれは。四つしかないソファに座っているのは不細工な女の子が三人だけでわし以外に客はおらず、女の子は赤鼻のトナカイと岸井明と髭のないドン・ガバチョで、カウンターの中にいるのは細身で目つきが鋭いバーテンダー。バックバーに酒は揃っておらずカウンターの隅には埃。言わずと知れたここは即ち、紛うかたなき暴力バー」

「お客さん」暗い眼でわしを睨み、バーテンが言った。「人聞きの悪いことは言わないでほしいですな。なんでここが暴力バーなんですよ」

「暴力バーかそうでないかはあと二ページ読めばわかる」わしはそう言って客引きの娘の

肩を抱いた。「この娘がわしの相手をしてくれるそうだが、構わんかね」

この店のマスターでもあると思えるバーテンは渋い顔をした。「その娘は客引きなんですがね。まあいいでしょ。ユキ、社長のお相手をしろ」ユキがわし以外の客を引っ張ってくると具合が悪いのだろう。

「この店の客はみな社長らしいな。わしは社長ではないが、昔やったことが二、三回あったかもしれん」わしがユキと並んでソファに掛けると、女たち三人も露骨なたかり顔になり、わしを取巻いて座った。「ろくな酒はあるまい。ウイスキーでいい。お前ら何でも飲みなさい。それにしても『ドグマ』とはよく名づけたもんだ。ドグマチックな主張こそがつまりは無意識へのプロレゴーメナ、これについてはわしも二千六百五十ページ、二千六百五十円の本を一冊書いたのだが、言語活動それ自体を対象とする言語活動を語る場合は言語活動はいわば言語活動の言語活動というメタファーの過程だ、というようなことを論じておる。つまり今君たちが困った顔をしておるのはわしが演劇的に論じている自分と、ここが暴力バーであるという現実の区別ができず、君たちがやっている暴力バーという光景に参加しているとは思えないわしの一貫性に欠ける言辞で悩んでおるのだ。お前さんたちの中で、強姦された者はおるか」

「男の子三人」と、髭のないドン・ガバチョが言った。

「輪姦されたのか」

「わたしがしたのよ」

「ところで、わしには二つの主題があってな。母親がわしとおまんこしてくれているという妄想によってわしは痛みを感じ、母親がわしに手淫つまり手こきしてくれるという妄想によって快感を得るのだが、これはペニスとペニスとの、そしてわしのペニスをアイロンで焼こうとした女中という妄想の主題との関連でのおまんこと、欲望との関連における他人の手による手淫だ。これがわしの二つの主題だったのだが、わしはわが著作によってこれらを主体とのメタフォリックな結びつきに到らせたんじゃよ。うるさい」わしはテーブルに乗っているジョニ黒の瓶をつかんで床に叩きつけ、吠えた。「さっきから何度も何度も『廃炉にせよ』『廃炉にせよ』とスローガンめいたことをわめき続けておる」

　マスターがやってきて訊ねた。「なんで割ったんですか」

「うるさいからだ。それにこの女たちはわしの話にまったく知らん顔でがぶがぶとわけのわからん朝顔みたいな酒を呑むばかりだ。きゃあきゃあ笑って受けてくれるのはこのユキだけだが、この娘とてわしの卑語に反応しとるだけだろう」

「無理ですよ。お客さんの話、難しくて面白くない」マスターはジョニ黒の割れた破片を拾いながら言った。「この酒、高価いんですよねえ」

「おいでなすったな。そんなら今までの分を全部勘定してくれ。いくらになるかね」わしは「七つの顔」で多羅尾伴内をやった片岡千恵蔵の口調を真似しながら封筒を出し、中身の札をすべて出してテーブルにどんと置いた。

女たちが息をのみ、マスターは陰惨な眼をしてわしを睨んだ。わあ社長お金持ちとユキだけがはしゃいでいる。

「あのねえお客さん」マスターは悲しげに言った。「あんたはなんでそんなに面白がっておれたちを笑いものにするんですか。おれたちだって何もこんなこと好きでやってるわけじゃない。食っていけないから、やむにやまれずやってるんです」眼が潤んでいた。「この娘たちだってそうだ。雇ってやらなきゃ生活できないんですよ」

突然ピーター・ローレの顔になったマスターが泣き出しそうになったのでおれは慌てて立ちあがり、彼の肩に手を置いて三年二組の担任だった村上先生の声で宥めた。「わかったわかった。泣いちゃいかんぞ。わしも社会の最底辺と言えるこんな最低の店へ来るんじゃなかった。だけどな、あんたもわしもこの娘たちにしても、コンピュータのビット数としては同じなんだ。やいこら貴様」わしは大声を張りあげ、ベルトから拳銃を抜いてマスターに突きつけた。「いい気になるな。甘えちゃいかん。貴様らと対等になるために、わしはこれから強盗をする。もちろんこの金はやらん」わしは札束をポケットに戻した。

「さあ金を出せ」

女たちは姫御前のふりをして悲鳴をあげ、マスターはカウンターの後ろへチャバネゴキブリの早さで逃げこみ、咆哮するように叫んだ。「何するんですかっ」

「まだわからんか。わしは自分で強盗だと言っておる。だからあんたは警察に通報することができるだろうが。あんたはこの店にある金を洗いざらいわしに渡す。わしは無論、金を払わん。そのかわりわしは警察に捕まる。めでたしめでたしだ」

「何を言ってるのかさっぱりわからねえ」マスターが悲鳴まじりに叫んだ。「あんた、気が違ってるんだ」

「気が違っているのではない。強盗だ。早く警察に電話せんか。いったい何度言えばわかる。この聞き分けのない練羊羹めが。よし」わしはいきなり拳銃を発射した。

銃弾はバックバーの酒瓶やグラスを砕き、マスターはヨーデルを歌いながらカウンターのうしろへ頭を引っ込め、女たちはターザンの咆哮とともに店の隅へ散った。もとのソファで凄い凄いと言ってきゃあきゃあ笑っているのはユキだけである。

「これで本気だってことがわかっただろう。さあ電話しろ。せんかっ」

「しますします。しますから」マスターはケータイを出して百十番にかけた。「あの、強盗です。こちらセントラルロードにある菩提ビル三階の『ドグマ』というバーです。強盗はまだ店内にいて。いやいや本当です。喧嘩じゃありません。いやいやここは暴力バーなんかじゃなくてですね。いやいや本当に、さっき拳銃を発射したんですよ。いや本当ですったら」

おれは電話の相手にもわかるよう、バックバーに向けてさらに拳銃を撃ちまくった。ユキはわあわあと大はしゃぎ、赤鼻のトナカイは床に座り込んでオンアボキャと唱えながら頭にクッションをかぶり、岸井明は断末魔の声を張りあげ大股開きでこちらに薄汚れた赤いパンティの尻を見せた。髭のないドン・ガバチョはドアから出ようとして壁に激突、振り返って泣きわめきながら落つる涙を小脇にかかえ千切っては投げ千切っては投げ。

「痛い痛い痛い。もう堪忍してください。これ以上殴られたら顔が歪んじゃいます」

「だからよう憲治、金持って出たお前の親父がよう、どこへ行ったかって聞いてるんだ」

「それが、何しろ惚けてるんで、いや、惚けてるっていうか何て言うか。つまりまともじゃなくてですね。痛い痛い痛い」

「そんなこと聞いてるんじゃねえんだよ。どこへ行ったのか、だいたいのところでもわかんねえのか。いつもどこへ行くんだ」

「夜だと歌舞伎町あたりへ行くことが多いんですが、はっきりしたことは」

「歌舞伎町だとよ。セントラルロードあたりだとわしらのシマだが」

「よし憲治。一緒について来い。わしらにはわからんから、お前が親父を見つけろ」

パトカーのサイレンが一帯に鳴り響き、ビルの前あたりで停車したようなので、わしはマスターがポケットのあちこちから出してカウンターに置いた数万数千円の汚い札をポケットに詰め込み、拳銃をユキの背中に突きつけた。「この娘を人質に取る」

「うわあ。わたし人質。人質」何が嬉しいのかユキははしゃいでいる。

「ユキ」マスターが泪目で言う。「いつか映画に行こうな」

ユキと一緒に階段へ出たものの、もはや弾倉は空っぽと気づき、わしは拳銃を踊り場に投げ捨てた。仲良く並んで一階から道路へ出ると周辺には野次馬が集り、パトカー二台が赤眼をくるくる回している。たちまち警官に取り囲まれて逮捕されるかと思いのほか別の店から出てきた客とでも思ったらしく誰もわしを犯人とは思わないようで、連中は物陰に身をひそめて三階の窓を睨んでいて、わしらと入れ違いにまるでわしらの姿が見えないような様子で警官二人が階段を駈けあがって行った。テレビの画面を想像して自分たちを客観視すればわれわれは上品な老紳士と可憐な花売り娘なのだ。わしは一台のパトカーに近づき、開けたドアのうしろに半身隠して三階を見あげている警官に言った。「この女は売春婦だ。わしに買春させようとしおった。すぐに逮捕しなさい」

「わあ。わたし売春婦売春婦」そうはしゃいでからユキは急に自分を発見したらしく、沈みこんだ。「わたし売春婦じゃなかったのよね」

「今ちょっと、それどころじゃないんですがね」警官はなおも三階を見あげながら迷惑そうに言う。

わしは自分のベルトを引っこ抜き、ユキの首に巻きつけた。「それならわしがこの汚らわしい売春婦を成敗する。毒蜘蛛を腹に飼いびちょびちょの開口部からムジナが顔を出しているような女をなぜ逮捕せんか。だから警察はデンドロカカリヤだと言うんだ」

警官は急に眼を吊ってわしを見てから、あわてて後部ドアを開けた。「じゃあ、あんたたち二人とも、とにかく乗ってください。乗ってください」

ユキの首からベルトをはずし、乗り心地のいいパトカーの後部座席にユキと並んで座り込むと警官は運転席に戻り、無線で連絡しはじめた。「あー、こちら丸一三号車。おかしな男女二名、パトカーに乗せました。男は老人で惚けていると思われ、女性に危害を加える虞れがありますので一応二人とも保護します。今応援の車二台が到着しましたから、こちらはいったん署に戻ります」

「丸一三号車了解。厄介なことだな」

「あっ。親父だ」

「どれだ」

「今あのパトカーに女の子と一緒に乗せられた老人。あれが親父です」

「本当にあれか。ちぇっ。仕様がねえなあ。何かやって連行されるんだな」

「パトカーじゃしかたがねえ。あきらめるしかねえか。くそ」

あのマスターはユキの身を案じてか、わしのことを詳しく警察に言わなかったらしい。どう言ったのかは知らぬが警察では相変わらず惚け老人と思われ続けていて氏名も訊かれず身体検査もされず、もう遅いから取調べは明日だと言われ留置場へ抛りこまれた。ユキとひと晩一緒にいられると思い水鳥の浮き立つ心モン・サン・ミッシェルだったのだが、あいにく別べつにされてしまった。わしはひとり、がたがたと四肢をゆすって歓迎してくれている簡易ベッドと交接しながらぐっすり眠ったが、明け方にはパゾリーニの映画「アポロンの地獄」を夢でほとんどそのまま全部見た。読者の中には、わしに拳銃を盗まれた警官の報告がなぜこの署に伝わっていないのかと疑問を抱く向きもあろうが、真の読者とはそんなことなど気にしないものだ。朝食は必要かと訊ねる警官に臭い飯などいらんと言うと警官は不機嫌そうにわしをすぐ取調室へつれていった。取調べはいい加減なもので、記録係もいず取り調べる刑事もひとりだけ。その刑事はチャンドラーならどんなひどい描写をしたことかと思わせる二日酔いの中年男だった。のっけから人を馬鹿にしていてだぶだぶの頬袋をさらに緩ませ、にやにや笑いながら訊ねる。「お名前は」

「徳川家康」ご期待に応え、わしはそう言った。さてこそと言わんばかりに身を乗り出し、彼は言う。「生年月日は」

「ええと、天文十一年の」

「真面目に答えてください」

「真面目に答えとるじゃないか。歴史年表を見てみろ」

刑事はしばらく沈黙し、室内の天井を見まわした後、また馬鹿にしたような笑いを浮かべて訊ねる。「三引く二はいくらになりますか」

「その答は無限にある。二引く一、一、一引くゼロ、百引く九十九、一万六千三百二十八引く一万六千三百二十七。あんたのその小さな脳によるたったひとつの解釈が絶対ではない。特にフェルマータの局所体など整数及びそれから派生する数の体系の性質などは無数に存在する。初等整数論ですら手の指、足の指を使わないで問題に取組むんだ。君がわしを惚け老人として扱いたいのはよくわかるものの、こんな答え方をしてはますますそう思われることもわかっておる。これはつまりあのガロア君が工科大学の試験官の質問があまりにもつまらないのでまともに答えなかったために落第したのと同じだ。では次はガウスの整数について話してあげようかね。これは代数的整数論の分野における基礎的根幹でもあって、他の数学においてもそうなんだが、さっき言ったガロア君のガロア理論が基本的な道具になってくる。とにかく数学はヴィクトル・セガレンが言うように科学の女王だ。今すぐユキちゃんに会わせなさい。ユキちゃーん」

そう叫んだ途端に、どれほどの時間かわからないのだが、わしの意識はまた飛んだ。これ即ち文学的省略であろうとは思ったが、驚いたことに意識を取戻した時、わしはまだ喋っておった。こんなことは初めてだ。思索が無為の宙空を飛躍し続けていながら断続的に発展し続けているらしい。

「このような計算の手続きつまりアルゴリズムというものが、いちいち思考を重ねていかなきゃならんので面倒だからこそ人間はコンピュータを作った。では人間は何をするかというとヒューーリスティックなやり方をする。これは便秘薬を飲まないで簡単に大便をする方法、即ち簡便法と言うのだが、このうまいやり方はすぐに下痢をする」

刑事は立ちあがり、ケータイを出してあたりをうろうろしながら話しはじめた。「ああ課長ですか。昨夜保護した人なんですがね、ちょっと応援お願いできませんか。いえあのう、ちょっと私の手に負えませんので。いえそういうわけでは。とにかく、来てくだされぱわかると思いますが。はい」ケータイを折り畳み、嘆息しながら彼は言った。「あんたにこんなことを言ってもまともな答えは返ってこないと思うが」

「では何も言うな」

「忙しいんだよ。いっぱい事件を抱えこんでいてこういう取調べにかかずりあってる暇はないんだ。早く終らせたいのにあんたはわけのわからんことばかりを」

刑事はうまくいかない仕事のことあまり忙しいので離婚寸前の妻のことなどしばらく愚痴を垂れ流していたが、やがて彼よりはだいぶ脳量の大きそうな、そして少し若くてインテリめかした眼鏡の人物が入ってきた。いい仕立ての背広を汚す虞れがあるためか自身の腕力に自信がないためか、もうひとり高見盛に似たでかい部下を連れていた。

「須藤君どうした。交替しよう」

「すみません課長」猪首の刑事はほっとした様子で立ちあがり、わしの前の椅子を課長に譲り自分は高見盛と並んで壁際の椅子に掛けた。

わしの息子ほどの年齢と思える課長が事情聴取をはじめた。「ええと。まずお名前を」

わしは自分の名前を正確に答えた。「安積庄一。安らかに積むという安積で、庄一の庄は庄屋さんの庄。一は数字の一です」

この人のどこがおかしいんだという眼で課長は須藤刑事をじろりと見た。須藤刑事は眼球を卵型に突出させた。「さっきは徳川家康だと言ったんです」

わしは東大生のように静かな声で、極めて冷静に言った。「そんな馬鹿ばかしいことあたしゃ言ってませんよ。あたしがそんなこと言ったなんて、そこに書いてありますか」

課長は机の上の、何も書かれていないメモ用紙を見た。「書いてないな」

須藤刑事は混乱の舌を出して逆上の泡を噴き、立ちあがった。「三引く二はいくらだ。言ってみろ」

わしは妖刀村正のように、さらに沈着冷静にやや押し殺した声で言った。「一に決まってるでしょう。あのう課長さん。この刑事さんはさっきから、こんなおかしな質問ばかりしてわしを困らせるんです。なんだか知りませんが他にいっぱい事件をかかえているとかで、なんとか手っ取り早くわしを認知症の徘徊老人に仕立ててあげてしまおうとしてつまらん質問ばかりする。馬鹿ばかしくて答えられないような質問を執念深く繰り返して、わしを混乱させて、結局は何も答えられなかったというような結果を出そうとしとるんです。以後の取調べですが、課長さんに替っていただけませんかな」

「これは陰謀だ」須藤刑事はさみだれのできた顔で咆哮するように叫び、無遠慮にもわしに指を突きつけた。立って大便をするようながに股になっていた。「おれにはわけのわからん返事ばかりしやがって。今さらまともなふりをしやがって。いっぱい引っかけたな。くそ。この老いぼれが」涙を流しながら摑みかかろうとする須藤刑事を高見盛が背後から抱きとめた。

課長は立ちあがり、「須藤君、ちょっと外へ出よう」と言い、わしに「安積さん。少しお待ちください」と言い置いてから、高見盛と共に「課長、あっ課長、騙されないで」となおも喚き続けている須藤刑事を室外へ連れ出した。三人はまだしばらくドアの外で言い争っていたが、課長と高見盛が須藤刑事をどこかへ連れて行ったらしく、やがて静かになった。

わしはメモ用紙とボールペンをとってエッシャーの「手を描く手を描く手」をそっくりそのまま描いてからゆっくりと立ちあがってドアを開け、廊下へ出た。確かに多くの事件を抱えこんでいるらしい警察署の二階のその廊下には数人の刑事や警察官、中にはニコラス刑事や刑事《デカ》プリオもいて、全員がケータイをかけたり書類を見たりしながら慌ただしげに往来しているだけで、わしには誰ひとり注意を向けない。わしは難産に立ちあって無事に処置を終えた産科医の如く、深呼吸をし天井を見あげてから肩を落とし、歩きはじめた。署内にはなぜか土地勘があった。昔ここで刑事をしていたのか、悪事を働いて何度も取調べを受けたのか、もしかして一時期ここの署長ではなかったかとさえ考えながらわしは階段を地下まで下りた。予想していたように地下には押収品保管庫があった。わしを招いている魅力的なそのドアを、わしは開けた。

保管責任者の警察官はまだ若く、なぜかわしが入っていくまで泣いていたようだった。彼はわしを見て慌てて眼をこすり、兎の眼であらぬ方を見やりながら掠れた声で訊ねた。

「ご用件は」

「おお。懐かしい匂いだなあ」とわしは庫内の奥の方を眺めまわしながら笠智衆の声色で言った。「実は君の座っているところに三十年前、わしも座っておってね」

わしを警察OBと知って警察官はやや心和んだようでもあったが、一方では警戒心も増したようだ。「そうでしたか。突然のご来訪ですが、大先輩なんですよね。いつも先輩たちには大切なことをたくさん教わっておりまして」

「そんなことはまあ、いい。いい。なあ。君はわしが入ってくるまで泣いておったようだが、まるで君がわし自身のような気がしてならないよ。わしにも悩みや悲しみがあった。それは苦しみでもあったのだがね。このおじんに、なぜ泣いていたのか言ってごらん。ものは試しだろう。こういう時のためのOBなんだし、どうも君がわしの息子のように思えてならんのだよ」

「先輩にお話ししてもどうにもならないと思いますが」警察官はしばらくためらってから、投げ出すように告白した。「実は生活費と借金のために、押収品の中から金の腕時計十個ほどを持ち出しました。今日は午後から管理責任者による一斉点検があるので、どうせ夕刻になればばれてしまうんですが」

「莫迦なことをしたな。売ったのか」

「いいえ。一六銀行に入れました」

「質屋だな。元利金はいくらだ」

「何度かに分けて入れたのですが、百何十万円かになります」

「今からすぐ、請け出してきなさい」わしは銀行の封筒を出し、今度は三船敏郎になってどーんと受付のテーブルに置いた。「二百万円ほどある。すぐに行け。まだ間に合うだろう」

若い警察官は立ちあがりイカリングのような口をしばらくぱくぱくさせてから言った。

「あっ。あの。ありがとうございます。でもこれ、お返しすることができるかどうか、あの」

「いいから早く行け。その間、わしがここにいてやる。誰か来てもわしなら誤魔化せる。行けっ」

「はいっ」彼はドアに向かいながら、わしを振り返った。「迫力あるなあ。なんだか映画みたいですね」

「映画ではない。小説だ」

保管責任者である警察官が退場したあとの押収品保管庫に立ち、中央通路の両側にずらりと並ぶ棚を見渡しながらわしは両手をあげ咆哮した。おお現前するここは宝の山、金銀財宝偽物と本物の高級ブランド品武器弾薬へロインコカインその他その他の麻薬類、それは即ち悪の悪による悪のためのお宝の堆積、資本主義社会自由主義社会暗黒社会の居心地よき娑婆へ戻りたがり羽搏きたがっているモノ物質ブツ物資現物がそれぞれある一定の質量と共に身を寄せあい姿をひそめながらその実わしに発見されることを憧れ望み憧憬し希望している、他にはなくここにしかない場所なのだ。わしはまず高級ブランド品が並んだ棚からルイ・ヴィトンのキャリーバッグをおろして、銃器類の棚から64式自動小銃を出し、分解してバッグに入れ、さらに箱型弾倉に入った7・62ミリNATO弾をいくつか入れた。ついでにルガーP08自動拳銃を三挺と9ミリパラベラム弾をいくつか入れた。それだけでも老齢のわしには腕がチンタラになるほどの重量である。

美術工芸品の高価そうな壺や花瓶を二、三十個叩き壊してやろうかと思ったが、こんなに大量では物を壊す気も失われてしまう。外へ出られるのを嬉しがってあいいわいいわと嬌声をあげているキャリーちゃんをがらがらがらと引っ張って廊下に出て、苦労して階段を一階へ上り正面玄関から署を出る。誰もわしに注意を向けないのは怠慢であると周囲の警察官たちを内心で叱りつけながら苦労して玄関の階段を下り、乗ってちょ、乗ってちょと言いながら身を揺すって道路に駐車している一台の黒いタクシーに乗った。

新宿では昨夜、なんだか妖怪や精神病患者や支那人の大群や暴力団を相手に暴れまわったような悪夢じみた記憶がぼんやりとあって具合が悪いように思ったので、六本木へ行くよう運転手に命じる。車が走り出すとわしはもう我慢ができず、キャリーちゃんの肉体内部から銃器弾薬を取り出し、後部座席で小銃を組立てたり弾倉を装着したり拳銃に弾丸を装塡したり、窓外を歩く人間の股間を狙って「BANG」「BANG」などと言ったりした。

「お客さん、あんたはいったい、何してはりまんねん」ミラー越しに運転手が訊ねる。

「最新式の銃器をあちこちに売込んでいる。今、見本を点検しとるのだ」と、わしは言った。「この自動小銃を一万挺と自動拳銃を三万挺ほど売込む。弾丸とともで五十億ほどになるが、まあわしの会社にとっては小遣い程度の儲けだ。今日中に売込めたら夜は江古田の『鳥勘』でひとり祝杯をあげる」

「ははあ。そんなら、お客さんが六本木行け言わはるのはつまり、防衛省のことやね」

防衛省で銃を撃ちまくったりすれば結果はわかりきっている。若さ漲るこのわしのからだが蜂の巣になり、その穴を地獄の空っ風が吹き抜けるのだ。

「いや。防衛省ではない」運転手にそう答えた途端、わしには突然行く先が閃いた。ある程度の知性は持つもののゴキブリ捕獲以外には活用せず、身体は概ねコアラ程度に虚弱であり、弁は立つものの背中を見せた発言であり、来年の作付面積に害をなし、支那人に甘く、映画や煙草やニューハーフや老人を見捨てるような人間ばかりがぎっしりと集っている場所だ。昨日から衆議院本会議が始まっている筈だった。

「国会議事堂へやってくれ」と、わしは言った。あの喋り方の気に食わぬ総理大臣を四十六回殺してやる。

参考図書
鈴木雅雄『ゲラシム・ルカ　ノン＝オイディプスの戦略』水声社
福田孝『源氏物語のディスクール』書肆風の薔薇
ロラン・バルト『言語のざわめき』花輪光訳、みすず書房
アンリ・エー編『無意識』1　大橋博司監訳、金剛出版

瓦礫の陰に

古井由吉

古井由吉

一九三七年東京都生まれ。作家、ドイツ文学者。東京大学大学院修士課程修了。〈内向の世代〉と称される一人。七一年「杳子」で芥川賞、八三年『槿』で谷崎潤一郎賞、八七年「中山坂」で川端康成文学賞、九〇年『仮往生伝試文』で読売文学賞、九七年『白髪の唄』で毎日芸術賞。他の著書『この道』『ゆらぐ玉の緒』『雨の裾』『白暗淵』『辻』『野川』『山躁賦』『詩への小路』『半自叙伝』『人生の色気』など。

炎の余気《なごり》のまだ立つようなたそがれ時の焼跡の、瓦礫の陰で男と女が交わった。お互いについ先刻まで見も知らずの間だった。知らぬ男女がたまたま言葉をかわしてから、話しこむほどの閑もないうちにそこまで行くとは、一夜の内に生活の、空間も時間も一度に破られた世界にあっては、起こってみれば、不思議なことでもなかった、ことさらの妄《みだ》りさもなかった。

暮れかけた道で女が男に声をかけてきた。町の名を口にしてその辺の安否をたずねた。そこからいくらも隔たっていない界隈になる。その耳馴れたはずの町の名すら男には、沈んだ昔の名に聞こえた。罹災者にとっては、遠くも近くもひとしく知れなくなる。それでもその界隈だけが無事とは考えられなかったが、女が思いつめたような顔をしているので、男は行きずりの人の不幸に断をくだすことになるのを避けた。

広い域にわたってもうひとしなみに焼き払われたような、しかしあれだけ燃え盛ってもあんがいに難を免れた所もすくなくなかったような、どちらつかずのことを投げやりに話して歩き出した男に、女は帰る方向が同じらしく黙ってついてきた。これも女として軽はずみとも言えなかった。前後左右に焼跡がひろがる。行きずりの赤の他人どうしが問わず語りに身辺の事を話しながらしばらく一緒に歩いて、顔も見合わさずに左右に別れるのはめずらしいことでもなく、男女の別にこだわりもなかった。日没が始まり、炎上の夜から五日も経ってまだ立つらしい塵埃の、西の空にわだかまるその中へ落ちる陽が、初夏というのに冬場に劣らず赤く、赤くて輝きがなく、塵埃に吸いこまれた後から射し返す夕映もどんよりと濁って、瓦礫の原をさらに寒々しく渡った。たまたま二人きりになった男女の情を誘う隠処《かくれが》もない。赤い光に吹き通された身の内にも、隠処はなかった。

しかし、辻らしい辻も角らしい角も大方焼けて失せたその中で、知らぬ界隈に踏み込んだように、俄に暮色が深くなった。あからさまにさらけ出された瓦礫の原に夕闇が降りかかって物の影を、得体の知れぬ盛り土やら傾いた杭やらをつつんだ。煤煙の混じる塵埃の中に沈んで太陽は急速に光を失うものか、それとも自分こそ焼跡の中で時間の感覚を失って、ここまで知らずにだいぶの距離を来たのだろうか、と男は怪しんだ。女も立ち停まって、ここはどの辺になるのかしら、とひとりでつぶやいた。それぞれ遠くまで見渡す男と女の目が返ってきて、初めてまともから出会った。逸らしかけてまた見つめあったばかりに、紛らわす間合いがはずれた。あらかたを失ったばかりの人間どうし、ふいに間にはさまって底無しになりかかる沈黙はおそろしい。

瓦礫を掘り返して積んだその陰に入り、生温い灰の吹き溜まった上に横になり、男に身をあずける間、女はひと言も口をきかなかった。逆らいもせず、戯れもしない。その沈黙をまもるように男は抱いた。黙って交わって黙って別れるのがこの二人にとって、この世の分《ぶん》かと思えば、とうに定まっていたことのように身をまかせている女がいとおしく感じられた。そのうちに人の足音が近づいて、いましがた二人があたりを見渡していたあたりに立ち停まった。なにやらよそには聞かせられぬ相談を続けるらしい。男は女のからだをもうひとつ深くつつみこんで息をひそめた。すると女もすがりつきながら男の耳もとへ、思い余った果てにほぐれたような声で話しはじめた。混雑の場所で隣に坐わり合わせた人間が、それまで他人を寄せつけぬ様子で黙りこんでいたのに、ふいにこちらへ目を向けると、身の上の仔細を淡々と打ち明け出す、あの声にも似ていた。

先月の大空襲の夜、その真最中に、長く患っていた夫が息を引き取った、と話した。表を走る人たちの足音が聞こえなくなり、閉《た》てた障子が遠い火に赤く染まってから、何時間ほど経ったものやら、人の足音がだんだんにもどってきて、近所がまた寝静まるまで、死者の枕元から動かなかった、と言う。夜が明ければ、まわりは無事でも、死者を抱えた者にとっては、どんなに変わり果てた、人もいないような、世の中になるか、わかりますかとたずねて、お骨にするまでに、三日も四日も、歩きまわらなくてはならなかった、と歎いた。

今度の空襲の夜にも外へ出ずにいた。お骨の前から立ちあがった時には、部屋中が赤く照って揺れていた。障子を細く開けて、向かいの家に火の入っているのを見てお骨のほうへ振り返り、このままた坐りこんで一緒に焼かれてもよい、と考えてすこしも怖くなかった。内と外と、どちらへ心が傾くか、わずかな差のことだった。縁側に出て障子をそっと締めた。

焼跡の話し声が止んで足音が遠ざかると、男は女からからだを離した。半端な交わりになるだけの謂《いわれ》はあったと思った。しかしまた、同じ謂が女を自分のもとに惹き寄せたようにも思われた。からだを合わせたきり耳もとでささやかれていたのに、遠くから廃墟を渡ってくる、誰のものでもない声に耳をやっていた心地が後に遺った。女は目をつぶって細い寝息を立てていた。しばらくして目を覚ませば、女にとってこの一場のことは、誰かに身の上を話した記憶の影ばかりを留めて、生涯へわたって消えるのではないか、と男は眺めた。

しかし女は目をあけると、誰なの、と詰問する顔つきから、あらためて求めてきた。こんな時世に妊娠することへの危惧をいまさら口にした男に、たとえ産むことになっても、大勢の人間が死んでいるのだから、放っておいても育ちます、と答えて男を逆に抱きすくめた。

息をおさめながら、これで、たった二度目になるのですね、と女は目を潤ませた。聞いて男は、これが二度目とは、女の内にこそどんな時間が流れているのだろうと思った。起きあがって灰を払うと女はもう男に身を寄せず、唇も手も求めず、交わる前と同じに黙って男の後についてきた。辻らしい跡に出たところで、道がわかりましたので、と頭をさげて離れた。暗くなった空の、西にも東にも寄らぬ半端な一郭が蒼い光をまだ溜めているのを、あんなに急に暮れたのに、と不思議に見あげる間に、男は女の影を見失った。

あれだけの不幸に耐えた女を、その不幸そのものを、自分は女のいっときの心弱りに許されて、犯すことになったか、と男は翌日には悔んだ。三十手前の若さで、肺に影の出たその得によって戦役を免れていることも、後暗さとなって女との間違いに重なった。広域にわたって焼き払われたからにはこれ以上敵の狙いの内にあるとも思えない。技術職として通っていた工場にも罹災をよいことに当分は出ないつもりでいた。こんな時世になればさいわいなことに親たちもとうに亡くし、兄弟も遠隔の地にあり、焼け出されたとは言っても下宿人に過ぎない。かわりに、疎開で留守になったのにたまたま焼け残った家の、所有者には無断らしく割り当てられた三畳の間借り住まいの、わずかな配給をたよりのその日暮らしにも、けだるい安易さを覚えかけていた。

その後暗さの中から、夜になり粗末な毛布にくるまってまどろむと、女の匂いがふくらんだ。ほかの誰のものでもない際立った匂いだった。幾夜か苦しめられた末に、やはり恋着が後を引いていることを悟らされて、翌日から女を探しはじめた。

探すと言っても、住まいの見当もつかないばかりか、平時の、住まいという考えすら通らなくなっていた。あの場所へ行くよりほかに、便りもなかった。あの瓦礫の陰を見つけて、空襲ではぐれた身内に消息を伝えるように、そこらで拾った板切れや物の破片に焼けぼっくいの先で、自分の仮住まいの所番地か、そんなものも今では通用しないとしたら、日の暮れにここに来てます、とだけ書きつけるかと考えた。灰の上にしばらく坐りこんで一心に女を慕っていれば、幾日目にかは女を招き寄せることになるかもしれない、と夢のようなことも思った。

ところが、その場所にどうしても行き着けない。女に初めて声をかけられた所はわかった。それに間違いはなかった。そこを起点として、あたり一帯がいくら変わり果てたと言っても、おのずと知ってたどっていたはずの道のことだから、たやすくたどり返せると思って歩き出すと、それらしい焼跡にあっさりと出る。しかし立ち停まって見渡せば、夕日にあまねく赤く照らされて、あちこちに瓦礫の山はあっても、男女の交わる物陰はありそうにもない。時刻が早すぎたかと思って、夕闇の降りかかるまであたりをうろついたが、暗くなるほどに、違った場所に見えてくる。

つぎの時には暮れようともしないその焼跡を横目にして通り過ぎ、その先は足にまかせて、たそがれるまで歩くと、それらしい場所も見つからなかったかわりに、遠くまで来ていた。あの日も女と交わった所が自分の帰る道から大きく逸れていたことを、女と別れて引き返す道々、そんなことのあった後の放心の中から、自分は一体、どこへ行くつもりだったのだろう、と不思議がったものだが、それよりも、そこまで女の先に立って、口もきかず、振り向いて顔も見ず、どこをどう、たそがれるまで歩いて来たのだろう、といまさら驚くと、幼い頃に聞かされて怯えた、惑わし神という名が耳もとに息づかいのようにふくらんで、足もとから慄えが突き抜け、恐怖ともつかず、一瞬つのった女への恋情ともつかず、立ちながらに精を洩らした。

それから三日ばかりは、傍から見ている者がいなかったからいいようなものの、日さえ暮れかかれば、狂ったかと思われても仕方のないところだった。もう方角も距離もなく、夜へ傾いていく中を、焼跡から焼跡へ歩きまわった。探すにしてはせわしない足取りだった。脇目をほとんど振らずにいた。まさに惑わしに引きまわされている図だったが、しかしあの日の事こそ女に声をかけられた初めから惑わしであって、惑わしに導かれてあの物陰にたどりついたように思われて、もう一度、晦《くら》まされることを求めていた。時折立ち停まって息を入れると、暗くなった焼跡を渡って、人はまだそこかしこにもぐりこんで暮していうようで、糞尿の臭いが漂ってくる。

連夜の最後には、何の跡だか煤けた石の上に腰を落として、坐りこんでしまった。徒労感のきわまったあげくのことだったが、坐りこんだそのとたんに、それまで自分をたえだえにも導いてきた、すぐ先の暗がりに女の立つ気配がふっつりと絶えた。あの女は何者だったのだろう、と考えた。何者なので、見も知らずの男に黙ってまかせて、身の上の不幸を話した後で、もう一度求めてきたのだろう、とさらに考えたが、女の惹く力が尽きてみれば、見当もつかない。あらためてあたりを見渡せば、この瓦礫の中では女と交わることはできても、女の行く方を思う手がかりも、足場も見つからない。何者かという問いも無効なのではないか、と口に出してつぶやくと、しかし自分こそ、あの時、何者だったのか、何者なので、女は物も言わずに従ったのか、とそれまで思ったこともない問いが返してきた。

火の手のじきに迫るはずの家並の間をゆっくりと歩く自分の影が見えた。近所の人はとうに大通りへ逃げた後で、長い路に沿って人っ子ひとり見えない。捨てられた家々は吹き寄せる火の粉を浴びながら暗く静まり、軒がくっきりと、赤く照る空を切った。屋の棟三寸さがるという場違いな言葉が浮かんだ。路のはずれの、まだ無事な角の間にのぞく表通りをひっきりなしに駆け抜ける人の群れが、これも赤く照らされて、火を背負って奔っているように見えた。

じつはその間の記憶が、点々と孤立するばかりで、しっかりとは通らない。警報は寝床の中から聞いた。どうせ例の少数機による定期便と考えて起き出しもしなかった。表は雨だとなぜだか思いこんでいた。階段の下から下宿の主婦に声をかけられて、すぐに降りて行きますと返事もしていた。起きあがったのは、天井が敵機の爆音にふるえ出してからだった。身仕度を整えるその手間がまどろこしく感じられた。階下に立った時、落下音がかぶさり、閃光が射しこんだ。青く照らし出された家の内には誰もいない。もう何日も前から、家具はそのままに置いて住人は逃げて失せたような、ひと気のなさだった。すぐに表へ走り出た。あたり一帯、火をふくんで煙に巻かれている中で、その路の両側の家々はまだ無事なのを見定めて、そちらへ走った。しかしあそこは、今では焼跡へすっかり均らされてしまったが、そんなに長い路ではなかった。かりに歩いたとしても、すぐに表通りへ抜けてしまう。

そちらへ道を取って一気に駆け抜けようとしたそのとたんに、大事な物を部屋に置いてきたことに気がついて、足が停まった。一瞬、取りに返そうとして、追いつめられた。それどころでないと思いなおして、その品の燃えあがるのを目に浮かべて振り切るまで、しばらくは歩いたようだが、すぐにまた走ったはずだ。その路にも白煙が吹きこんできた。しかしもうすこしで表通りへ抜けるあたりまで来て、背後から小股に駆ける足音を聞いて、細い喘ぎが伝わり、振り向いた時には、いつの間にかまた歩いていた。路上に女が立ちつくして、こちらの顔を見つめながらじりじりと、そのすぐ背後まで寄せた煙の中へあとずさりしはじめる。怯えていた。この危急の中を走りもせずに行く人影に驚いて立ち停まったところへ、ゆっくりと振り向かれてすくみこんだ、としか見えない。行きがかりの上は手をつかんで表通りまでひっぱり出してやるだけの負い目にあると思ったが、なまじ近寄ればさらにあとずさりして、手を伸ばそうものなら踵を返して煙の中へ逃げられそうな気がして、いっそ表通りへ向かって突進した。縛を解かれて小股の足音が続いて弾き出された。避難者の群れの中へ駆けこんだところで、女の姿を見失った。

瓦礫の陰で交わった女と、似ているも似ていないも、あれは恐怖の面相だった。誰の顔でもない。恐怖の夜には至るところで見うけられた。それらしい姿なら、群れに混じって安全の当てもない方角へただ足を急がせている間も、目をあげればどこかしらにいた。探すまでもなかった。しかし交わった女の顔こそ、恋着の情がまた押しあげて、冷えた瓦礫の間から、細く吐く息と、わずかにひろげた襟もとの肌の匂いが立つまでになっても、思い浮べようとするほどに面立の見定めがつかなくなる。初めに声をかけられた時には、見も知らぬ女でも、また道ですれ違えば先日の女と見分けられる顔であったのに、俄に暮れた焼跡の縁で男の視線をまともに受けて逸らさなかった顔は、来るものにただ耐えるに至った女の、今を限りの面相になっていた。

煙の中で立ちつくした女と、似ている似ていないのことではなくて、人こそ違っても、同じ面相だったと考えると、振り向いた自分の面相のほうはどうだったのか。どちらの女とも、相手の存在に気がつくまでに時間の空白が、放心がはさまる。もうただならぬ雰囲気の路を、背後に足音を聞いて振り返るまで走らずに、煙の満ちてくるのも知らず、火の粉の降りかかるのも知らず、歩いていた。女はどういう事情があって逃げおくれたのか、すでに白煙の立ちこめた中を死物狂いに、前方に浮かんでは紛れながら遠ざからぬ奇妙な人影をさしあたりの目標として駆けてきたところが、この差し迫った中で歩いている男に驚いて立ちつくしたと同時に、どんな面相に、振り向かれたのか。

女のほうを振り向きもせずに、焼跡の間をよほど歩きまわったのでなければ、たそがれた時刻と辻褄は合わない。目を見交わした時の訝りを思うと、その間、後から来る女のことも忘れていたらしい。女は先を行く男の、人もなげな背を見るうちに、どんなところへ踏みこんだので、離れずについてきたのか。顔を見合わせた時には、見も知らずの男の内に死者の面影が見える、そんな域に入っていたのではないか。そう考えれば、これでたった二度目、と不可解だったつぶやきも、腑に落ちないでもない。いくら長患いでも、夫婦者がこれまで一度しか交わっていないとは考えにくいが、まだ元気だった夫に最後にまともに抱かれた時から数えていたと取れば、時間も歳月も瓦礫のようになってしまった世界にあっては、そのほうが通る。

死者となってその妻を抱いていた、と考えればいまさらすくみそうになった。しかし、怪しむ自身、何者だと言うのか。敷地の境が失せて、時間の前後も自他の別もゆるんだ中で、死者を隔てる境界もまだしっかりとは締まっていない。女は死者をおそらく満足には送れなかった。自分は送るべき縁者も持たないが、今の無事に驚く時、炎上に至るまでの夜々にこそ、人は平穏を恃みながら、死相のような翳を目もとに溜めていたように思われる。その翳の引いた跡の、まだ定まらぬ顔には、機に触れれば、無縁の面相でも乗り移ってくる。男の眼に違った女が同じ面相をあらわすなら、女にとっても、戻ってくるはずもない男に、たそがれが俄に降りたように、焼跡で再会するということはある。男は女に見つめられるままに、女の眼に映る面相になる。それに照らされて女もまた、境を越えて、面変わりしていく。お互いに死者になった男女が交わった。しかし、抱かれるべき男に抱かれている女のからだだった。

菊の香のような、肌の匂いだった、と男の内からもう一度やみくもに求める叫びがあがりかけた時、焼跡の暗がりに女のまたふっと立った気配がして、耳を澄ますと、男女の交わるさざめきが伝わってきた。惹き合う力がようやく満ちて、お互いにまた身から抜け出した魂が、すでに交わっているのかと聞くうちに、女の息が洩れて、実際に近くの物陰に男女が忍んでいることに気がついた。もしもあの女が抱かれているのだとしたら、ととっさに思って、その想像の痛みに息を凝らした。しばらくこらえてから、死んだ男に抱かれているのなら、先夜と同じ、一度きりの交わりだ、幾度繰り返しても二度きりを越えない、と呻きをおさめて、野中でひとり啜り泣くような女の、声の抑えがきかなくなったようなので、石の上から立ちあがって焼跡を出た。

帰り道が迷わずにたどれているのを見て、女との機が過ぎ去ったのを感じた。ただ男女のひそめきがついてくる。心残りかと思ううちに、実際にその陰で男女の交わっているらしい瓦礫のそばを通りかかった。なぜ焼跡のもっと奥へ隠れないのかと思った。しかしあの夜、あの女とも道から深くも入っていないところで立ち停まった。まるで自分らのために掘られた穴の中に、二人して従順に身を横たえたようだったと振り返りかけると、また別の男女の息づかいの流れる中へ踏み入って、気づかれたと思わせないために足音をひそめずに通り抜けた。あるいは夫婦者が仮の住まいの人の耳を憚ってここで落ち合っているのかもしれないが、この廃墟にあっては、見知らぬ男女となって交わっているのだろう、と息の慄えから思った。

大通りへ出る手前で立ち停まって夜の焼跡のひろがりを、その至るところで男女が、死者たちも来て、交わっているかのように見渡した。やがてそのひろがりを渡って、糞尿の臭いがひときわ濃く、まろやかに、生暖い肌のように寄せてきた。かりに産まれても、大勢の人が死んだのだから、放っておいても育ちますよ、と最後に女の声が聞こえた。

その男性と橋詰が知り合ったのは病院の内のことで、どちらも入院中の身だった。ある日の午後、橋詰が談話室をのぞくと誰もいない中でテレビがひとり大きな声ではしゃいでいる。呆れてそばに寄り、電源を切ってほっと息をついたところへ、戸口に立った男性が、病院でもテレビが部屋の主《ぬし》の時代になりましたか、と声をかけてきた。無人の部屋でテレビの画面に映し出されていたのは、先頃五百人を超える犠牲者を出した大型機の墜落の現場だった。

男性は首から頭へ掛けて、一見兜《かぶと》のような物を着けていた。手術した頸椎を固定するコルセットだと言う。コルセットという言葉が首の場合にも使われることを橋詰は初めて知った。胸から後頭部へ梃子状に伸びる金属のアームが、鉢巻のように額へ回された太いゴムバンドで締めつけられる。そのバンドの顳顬《こめかみ》のあたりに、先端に白い糸の球のついた竹の串が立てて差してあり、それがどこかやはり兜の、羽根飾りの華やぎを点じている。橋詰の視線を感じて男性が抜いて見せると、耳搔きだった。これをコルセットの隙間に突っこんで痒いところを搔くのだという。垢まみれの肌をところかまわず蚤や虱に喰われていた頃には思いも寄らなかったけれど、痒みが唯一の苦になることはあるものだ、唯一なら、これはもう業苦ですよ、と笑っていた。高年の人ではあるが、老人の内に入れたものかどうか、四十代なかばの橋詰には判別がつかなかった。六十の半分は過ぎたと本人から聞かされた後も、表情によって年の変わる人だった。

橋詰のほうは左の足首の固定がまだ取れず杖をついていた。夜の駅の階段の下りでいきなり背後から衝かれた。前へのめるまいとよろける足をそのまま送って、前を行く人をかろうじてよけて階段を駆け降り、降りきって十歩ほども行ったところで、左の足首に痛みが走った。踏んばりが利かなくなっていた。怪我は治療に間がかかるというだけで何ほどのこともなかったが、夜の駅の人込みの中で立往生した時の、周囲の動きが一身の内に雪崩れこんでくるような、それでもどこか既視感めいた恐怖が後に遺って、これからは以前のように、自明の地面を踏んで行けるものだろうか、と考えさせられた。

談話室に人のまれになる時刻を見はからって橋詰が出てくると、まもなくその男性も現われる。たいてい二人並んで窓際に寄って、五階からの眺めに目をやりながらの話になる。そのうちに病人か見舞の客が来て、まっすぐにテレビのところへ行って、スイッチを入れてしまう。そんなわけで長い話にもならなかったが、ある日、例の大型機の惨事がたまたま話題になり、機内に乗り込んだ時に、どんな気持がしたことだろう、と橋詰が危いことに触れると、そうだねえ、と受けるだけに留めた男性の、その声音が機内の光景を目に浮かべているように聞こえて、それに誘われたか、大勢の人の顔に一斉に、死相のようなものが表われるということは、あるものでしょうか、と橋詰は場所柄も弁えぬことを口走った。

見たことはないねえ、と男性はたちどころに答えた。不謹慎な問いを振り払われたものと橋詰が赤面していると、これは一斉に、死相の落ちた、その跡の顔ではないか、と見渡したことはある、と言った。あたり一帯、一夜の内に空襲に焼き払われた、その翌々朝の、日の高くなった頃だ、見事な五月晴だった、と言う。陽炎のようなものの立つ瓦礫の原のあちこちに、まだ呆然とした顔もあれば、はしゃぎあう顔もある、きわどい冗談の飛びかうのも聞こえた、しかし、底知れず沈んでいるのも、底抜けに浮かれているのも、一緒のことだ、とそこで言葉を途切って、記憶へ凝らす目つきから、どんな顔であったか、それを話すのかと待つと、今の顔にくらべれば昨夜までの顔のほうが、呑気なことを言っていても、死相に近かった、とそう感じたまでで、埒もないことだ、そうでなくても、それがなくなった跡の顔とは、どういう様子のことだか、話しようもない、と投げて口をつぐみ、窓の下にひろがる街の風景へ目をやった。

わたしのところも母親が、取って置きの小豆があったのを、祝い事もなさそうだし、先も知れないので、明日は炊き込んで食べてしまおうと、宵の内に水に漬して台所の流しに置いておいたところが、その未明に焼き出されてしまいました、と橋詰はおそらく思い出したくもない事を口にさせられてしまった相手の後味の悪さを取りなす気持から、自分のほうのことを話し出したが、あの小豆も煮え返って、水気が切れて、燃えあがったのね、と母親は夜が明けてからそのことばかり悔んでました、ええ、父親は留守で、とこれもよけいな話のおさめどころに困っていると、男性は橋詰の横顔をしげしげと眺めていた。あなたは、幾つ、とたずねた。

消灯の時刻の病室の床に身を伸べてから橋詰は昼間の男性の話を思い返して、小豆を洗う母親の、今になって数えれば三十歳の女の、うつむけた額からも死相のような翳が、滴っていたのか、と台所の光景を思った。あの夜は、それまでひと月あまりも時節には異常な梅雨のような天候が続いて、敵機の大挙襲来の沙汰もなく、その宵の口にも雨が軒を叩いて走って、今夜も無事と感じられていた。それでも、炎上の夜が明けて、とにもかくにも身の危険を免れた顔にくらべれば、おのずと死相へ通じる翳を流していたと言うのか。その死相の消えた跡の顔とは、沈んでいるのも浮かれているのもひとしなみとすれば、表情として、あるいは面相として、見えるものなのだろうか。しかし、跡の顔という言葉が内に留まった。青年になりかけた頃の、隣の半島で動乱が一応の終息を見た、結核の特効薬が渡って来て出まわった、その後の安堵を思った。それまでは自分も若いながらに死相の翳をかすかにまつわりつかせていたのか、まさにその跡の顔が長年残って、その顔でもって、女と寝たか、子をつくったか、とさらに思うと、いつ咎められるか知れぬ生涯をここまで送ってきたようなうしろ暗さを覚えた。

尋ね人の時間というのを知ってますか、とある日、男性がたずねた。終戦の後のラジオの定番でしたね、戦災ではぐれた人の消息をたずねる、次から次へ、と橋詰が覚えていて答えると、あれはただ読みあげているようで、人の耳をつい惹く、独特な口調だった、と言った。いや、自分には探す人などなかったが、とことわってから、とりわけ大雨の降る朝にはなぜだか耳が行った、朝っぱらから電灯をつけるのは、電力不足の時代でもあったけれど、もともと、取り込み中のようで嫌われたものでね、また暮れていくような部屋の内から聞いていると、ラジオの尋ねる声が表の雨の音を分けて伝わってくるようだった、と言って晴れ渡った窓の外へ暗い目をやっていた。知ってます、わたしは浮浪児のことを思ってました、何かと言うと親に、お前だってひとつ間違えるとああなっていたところだとおどされたものでして、間違いという言葉が妙に怖かった、と橋詰は受けて、雨を分けて、行方知れずになった自分自身を尋ねるような哀しみがありました、と言い添えると、行方不明になった自分を尋ねるか、そうだったかもしれない、とうなずいた。

　つかぬことを聞くけれど、あなたは終戦の年に数えで八つだったね、男女の事のあるのを知ったのは、幾つの時のことだろう、とまたある日、男性は考えごとをしていたかと思うといきなりたずねた。いや、戦災の荒廃が幼い者にどんな影響を及ぼすものかとふっと思ったまででね、育った環境によってさまざまだろうし、と男性が問いをひきかけるその間、橋詰はあらためて記憶を探り、その境目がわたしの場合、はなはだ曖昧で、そういう事があると意識したのはたぶん人より遅くて、十二、三の頃だと思いますが、しかし、十歳にもならぬ頃に、家の近所に当時、火薬庫と呼ばれて、戦時中には実際に火薬や弾丸を貯えていたらしく、町の中にしては広い森林があって、その間々《あいだあいだ》がもう草茫々になってまして、とそこまで話して場所柄ためらった。

　その草むらのところどころに防空壕の跡がありました、と続けた。その頃には盛り土も取り除かれて周囲と同じ草茫々の穴になってましたが、子供はその辺を喜んで駆け回る、そのうちにその光景にぱったり出喰わして、知らぬ間に近寄り過ぎたので身動きも取れずに、草むらにしゃがみこんで、男女がそそくさと起きあがって何事もなかったように立ち去るまで、じっとしていた、ということが幾度かありました、と話し切ると、男性は苦笑も見せず、子供にとっては、惨憺たる光景だったね、と言った。しかし大勢の人間が死んで間もない頃のことだったので、生き延びたどうしが、と言葉を継ぎかけて止めた。問い返しかねて橋詰がもう話を逸らすつもりで、あの森林も、当時は人の出入りが昼夜勝手で、ろくに管理されなかったようで、草木も繁るままにまかせていましたが、そのためにかえって全体として赤枯れしていくように見えました、薪にするために手当たり次第に枝を折ったりする人間の旺盛さに負けたみたいに、ところが十何年もしてひさしぶりにそこを訪れてみれば、すっかり囲いこまれて、管理が行き届いて、と先を続けようとすると男性は口をはさんで、知っているよ、そこ、教育施設になったところだろう、管理されて樹木どもがかえって猛々しいまでに盛んになったじゃないか、と笑った。

同じことだよ、とそれから言った。すっかり囲いこまれたところで人の目も耳も気にせずに交わることが、男女一般の切実な願いだった、と言う。その願いが成就して、こんな世界になった、と目の下にひろがる谷の入り組みのあちこちから生えて出たマンションの群れを見渡して、それは盛んになった、開けひろげになった、しかく薄くはなったな、いかにも男女がいると感じさせる情景が近頃、めったに見うけられない、とつぶやいた。

　自分には縁もないものと見てやり過ごしてきた、ああいう容れ物は、白い倉庫の中にいるようで寒々しくてな、結婚生活というものにまで至らなかったことだし、子供もなし、と初めて身の上らしきものに触れた。

　しかしな、年を取って病気をして、こんな結構な所に保護されようとは、思いも寄らなかった、と笑った。あなたたち若い人には殺風景な場所なのだろうが、これでも外の世界の眼からはしっかりと、まるで無いように、匿われている、生老病死が、とけわしい顔つきになって黙った。

　それから数日後、朝から暮れ方のような暗い日となり、午後へかけて雨がくりかえし走った。そんな日には病人たちもあまり動かず、見舞の客も足が遠のくようで、病棟内は廊下も談話室もとかく閑散となる。午後に深く入って空が一時白らんで雨あがりを思わせたが、暮れへ傾く頃になり、厚い雲にまた低く覆われて、窓の外は夕立の降り出しを思わせる暗さとなった。

　その時刻に橋詰が遅い午睡から重苦しくなって目を覚まし、人影の見えない廊下に杖を衝いて談話室まで来ると、朝からついていたはずの電灯が消えていて、ひときわ暗い片隅のベンチに男と女が互いに手を取って、うなだれた頭を寄せ合っている。女の肩のあたりに、嗚咽を抑えているようで、小刻みな顫えが見えた。部屋の入口からは死角にあたる手前隅に男女はいたので、橋詰は踵を返す間合いを逸して、まっすぐに窓際まで進んで男女に背を向けて立った。

晴天ならまだまだ陽の高いこんな時刻に、身内が緊急の状態に入って手術室にいるか、あるいは絶望を宣告されたところなのだろう、と橋詰は見た。男女はどちらも四十前後か、あの寄り添い方は兄妹とも姉弟とも思われず、どちらの身内の危急か知れないが、長い心労の後の家族の悲しみとも違って、当然のことを尽せぬうちにここに至った悔恨の、二人して追い詰められたものがあるように感じられた。

不幸は不幸でも、通夜や葬式や諸々の法事や、後の事を順当に見こめる遺族はまだしも、仕合わせなのかもしれない、とやがて思った。自身の親たちを送った時に、まさか後の事に行き迷うような境遇でもなかったが、もしも何処かで踏みはずしていたら、とひやりとさせられたものだった。死者の送りに途方に暮れた身にとっては、そんな手続きにも行き届いた世にありながら、死者を抱えて荒涼の野にある心地になるかもしれない。あるいは、危急の場にたまたま立ち会っても、人の駆けつける前に去らなくてはならぬ事情にあって、後の事にも一切顔出しのならぬ者もあるのだろう。そういう者にとっては、死者に呼ばれて、荒野は生涯、つきまとうものだろうか、とそこまで想像を逞ましくして持てあまし、隅の男女の悲歎を乱さずに立ち去る頃合いを量るうちに、例の男性が足音もせずそばに立った。

橋詰と並んで窓の外に目をやり、物も言わず、身じろぎもしなかった。表は今にも雨の降り出しそうな気配になったが、それよりも部屋の内が、男性の立ち静まったのを待って、いよいよ暗さを深めた。この人こそ、なにか、思わしくないことを告げられたのではないか、と橋詰はそのほうが気がかりになり、しばらく迷った末に、からだにこたえる天気ですね、今朝の回診は、いかがでしたか、とたずねた。

週明けに退院と決まった、と男性は答えた。一人でやって来て、一人で清算して、一人で帰るのだから、辻褄は合っている、と冗談のように言ったが笑いもしない。

声もひそめていた。背後へ気を遣っている様子だった。橋詰も口をつぐんで背から静まり返った。それにつれて、男女の寄り添う部屋の隅から甘いような、かすかに粒立つ女の素肌を思わせる匂いが寄ってくる。あの二人の眼には窓際にじっと立つわれわれの背がどう映っているのだろう、と橋詰が我身のほうをかえりみかけた時、その匂いが一度に鋭くなって部屋の内に渡り、窓の外では篠突く雨がすこし先も掻き消して降り出し、地を叩く雨の音がやがてこの高さまで押し上げて部屋の内まで満たしたその中からさらさらと、衣ずれを思わせる気配が伝わって、身を起こす女のまるい腰まで見えるように感じられ、男女は立ちあがったようだった。

男女の足音が廊下を去ってから、見たよ、病室から担架車で急いで運び出されるところを、三時過ぎのことだ、医者たちが付いて走っていた、と男性は口をほどいた。そのあとを今の二人がおろおろと追いかけていた、女がまず怯えきっていた、男もひかれて蒼ざめていた、と話した。そう言えば、二人して追いつめられていた様子でしたね、と橋詰は受けたが、それにしては今でもその隅から漂う甘い匂いを怪しんで、なんだか、息をひそめて、愛撫しあっていたような、とまで言うと、似ているんだよ、と男性は答えた。

怯えあっているのと、と言ってためらい、情を交えているのと、と古めかしい言葉をつかった。似ているよりも、一緒のことかもしれない、すくなくとも匂いの上では、と言った。しかし立てる匂いが同じなら、根はひとつながりのことか、とまた繁くなった雨脚へ目をやり、話を切りあげるようだった。

怯えきった女性を、抱いたことがあるのですか、と橋詰は雨の音に護られてたずねた。たとえば、空襲の最中の、防空壕の中で、と自然に口から出た。

すっかり焼き払われた後のことなので、いまさら怯えていたかどうか、むしろ死んだ者どうしのことだったようにも思われて、しかしそう思う後日《のち》のほうが、生彩が薄くてな、と言った。

戦後の十何年か頃まではまだ、往来で姿を見かけた、見えたと同時にまるで違うと分かるのだが、見えることは見えた、それがある日を境にぱったり見えなくなった、見えなくなっていることに驚いて人中で足が停まった、と言った。

あなたともどうせ、道で会っても、顔が見分けられなくなるのだから、と言った。


その老人は女性の住まいの近所の公園の、暮れ方のベンチに寝ていた。毛布のようなものに蓑虫のようにくるまっている。上手に寝床をこしらえるものだと女性は感心して眺めた。近頃、年寄りが家にひっこんだはいいけれど家族たちとの折合いが悪くて、とくに夕飯の時にはどちらからともなく不機嫌になり、気が詰まるので、日の暮れから家を飛び出して、宵の内を外でやりすごすと、そんな話も聞いていた。暮れ方にベンチで寝る姿は秋の彼岸前から目にしていたが、勤めの休みの日の散歩に来るだけなので、それが毎日のことなのか、それに頭からすっぽり毛布をかぶっているので、はたしておなじ人物なのかも、わからなかった。くるまった姿が不思議なほど小さく見えるので、年寄りと思ったまでだった。

休日だけのこととなると、散歩のたびに日は急に短くなる。時計を見て表へ降りて、まだ明るい西の空を眺めて初めの角を折れる頃には、たそがれてくるように感じられる。公園を通りかかれば、樹の下は暮れて、いつものベンチに蓑虫が寝ている。身じろぎもしない。風はかなり冷めたくなっている。暗がりでよくも見えないけれど、あれはもう毛布でなくて寝袋ではないかしら、一人暮らしの若い男が冬場にはもっぱら寝袋を蒲団がわりにしていて、女の部屋に通うのにもその寝袋を大き目の鞄に押しこんで提げて行くという、わけの分かったような分からないような話も聞くので、よっぽど軽くて暖かいのが売られているのだろう、と思って通り過ぎる。

木枯しめいた風の吹きつける暮れ方だった。髪の乱れに気を取られながら女性が公園まで来ると、ベンチの上から大きな頭が起きて、袋から抜けた上半身が、まるで坐禅でも組む恰好から、こちらにまともに向いた。女性は思い出して立ちすくんだ。子供の頃に祖母から聞かされた話だった。夜の川を旅の巡礼の男女の一行が渡る。もう十日も満足に物を食べていない。よろける足を水に掬《すく》われないように踏んばるのが精一杯で、ようやく向岸の堤に這いあがって振り返ると、川波の背ばかり光る黒い流れの真ん中に、仲間の一人が置き残されている。水の中に坐りこんでしまったようで、胸から上だけになり、こちらを眺めている。その顔が夜目にも白く、山越えの来迎の阿弥陀の相好に見えて、そのままゆっくりと沈んで、頭《かしら》ばかりになり、やがて波の下に隠れた。一行の誰一人として、流れを渉ってそこまで引き返す力を余していなかった。

こんなことをしていては、駄目ですよ、とそばに寄って咎めていた。それまでは風の吹く日にも、いつまでやるつもりかしら、とただ眺めていたのに、この急なお節介が自分で不思議だった。いや、ありがとう、ありがとう、と老人はあんがいおおように答えて、どこのどなたか存じませんが、と苦笑するようにしてすぐにベンチから降り、寝袋と見えたのはやはり毛布で、それを細く畳んでくるくるとまるめ、手際よく鞄に押しこんで自分から歩き出した。女性は声をかけた行きがかりもあり、老人の家族にも一言注意しておきたいと義憤みたいなものにもうながされた。一歩ずつ踏みしめるようにしながらこれも思いのほかしっかりとした足取りで振り返りもしない老人の後から行くと、辻ともつかない曖昧な角をむやみに折れさせる界隈に入り、男との生活を畳んでこの土地へ移ってきてからまだ半年と経たず、まして夜道は自分の住まいの近くからはずれると見当がつかなくなるのは無理もないことだけれど、それにしてもまわりくどい道で、これでは老人を送り届けたはいいけれど帰りに迷うことにならないかしらと心配になりかけた頃、見たようなところに来たと思ったら、方角違いのはずの、自分のアパートの見えるところに出ていた。

アパートに老人はまっすぐに近づく。外階段をあがる。たぶらかされて、いいようにひきまわされてきたあげくに、お前の住みかはとうに知っているぞとおどされるのかと女性は気味が悪くなり、身がまえると、老人は女性の部屋の前を過ぎて、隣の扉の前に立って鍵を取り出した。窓の内に灯《あかり》はついていなかった。

明るくなった部屋の内を扉の外の暗がりから見わたして、お一人なんですね、と女性がたずねると、これまでもたいてい一人でした、と老人は答えてこちらも見ずに、取っつきのつづきの間の真ん中に腰をかがめて立って、さてとつぎの用を思案するその姿が、女性にはなんだか、遠い昔の窓からのぞいた光景に映って、見ている今が何時のことだかあやしいようになり、それではお大事に、と病人ではあるまいしそんな声をかけると、老人は初めて振り向いて、あなたもお気をつけて、風が出てきましたから、と立ち話から別れる時みたいな挨拶を返した。隣の者ですので、と女性は受けて扉を外から締めた。言葉がかみあっているような、まるきりすれ違っているような、変な気がした。

幾つぐらいだって、その年寄りは、と女性の話の途中の、振り向きもせぬ背の後について行くところから、五年前の病院の男性のことを思っていた橋詰はたずねた。七十は越しているると見えたけれど、わたしには老人の年はわからない、早くに親たちを亡くしたもので、と女性は答えた。聞かずじまいになりました、とうつむいた、その四十なかばにしては艶やかな髪に白いものが混じっていた。その翌年の春に老人は亡くなった、今から一年とすこし前のことだと言う。足掛け三年というところか、昔風に数えれば、と橋詰は知りもせぬ死者のことを遠くに思った。もう一度、病院の男性の顔が浮かんだが、その老人の背恰好をたずねたところで詰めようもなく、甲斐がないばかりか、消息の知れぬ人を死者と重ねてしまうことになるようで、やめておいた。

一人暮らしのさびしさはあるのだろうけれど、そのかわりに誰にも邪魔されない、誰の邪魔にもならない自分の部屋を日の暮れに暗いままに捨てて、風の吹くおもてで毛布にくるまって寝ているとは、何に追いたてられてのことだろう、と女性は怪しんで、あぶないことに思われて、それからは平日の帰りにも外階段の下からまず隣の部屋の窓へ目をやるようになったが、電灯の消えていることはなかった。自分の部屋に入ると薄い壁を通して老人の、夕飯の仕度にかかる物音が伝わってくる。長年自炊に馴れた手際に聞こえた。先日、扉の陰からのぞいたところでは、部屋の内も綺麗に片づいていた。休日の暮れ方に散歩に出ると、公園のベンチで物にくるまって寝る影がときたま見うけられたが、寝具のふくらみ方がだいぶ違うようで、出がけに隣の部屋の電灯はたしかについていたので、別人だろうと見て帰ってくれば、壁のむこうで立居の音がする。

女性が帰ってくると隣では夕飯の仕度が始まる。いま取りかかったところだとは女の耳にはわかる。女性の帰りは、寄り道を嫌うようになっていたけれど、仕事の運びによっては一時間ほど遅くなることもあるのに、いつでも決まったような間合いだった。隣に人のもどったのを聞いて食事の仕度に立つ気になるということは、あるものかしら、と立場を変えて終日居る身になって想像してみる。毎晩のように同じことに首をかしげて、もう年末に入った頃、ある夜、老人の寝床に返って溜息を吐くのを聞き取って、隣の気配へ耳をやる癖が自分についていることに気がついた。

それよりも不思議なのは、隣の立居の気配に耳をやるたびに、老人の横顔と背つきが見えているつもりになっていることだった。あの後、老人と顔をあわせたことも、姿を見かけたことも絶えてない。あの晩もそうまともに眺めたわけでなかった。それ以前は見た覚えもない人だった。もしかすると、老人とは今でもおもてで幾度もすれ違っているのに、見分けられずにいるのではないかとも思われた。それなのに、夜の部屋に年寄りがたった一人で居る、その光景が見える。あまりくっきりと見えるので、これも遠い記憶のように感じられる。

なぜだか思いあたるところはないでもなかった。離婚して何カ月かすると、どんなに願って別れたことでも、後悔はまるでなくても、女はしばらく心身がゆきづまる、と人の話に聞いていたけれど、自分の場合は、さびしさはさびしさでも、来るべき道にようやく来たような気が、何かにつけてした。夫が別れ話を切り出す前に、何かが自分の内から落ちていた。その間に夫婦の仲が険悪になったのでもなく、二人して新居を探していた。その二年ほど前からの世間の好景気に、女性の勤める所はそんなものに縁もなかったが、夫の会社はその恵みを受けて、収入がかなり上がり、これからもまだ上がる風向きと見られ、この好機に、子供もないのだから、せめて上等な住まいに越そうと、夫はいきおいこんだ。物件に当たる時には目の色が違ってきた。まるで初めにわたしを求めた時と同じ目つきだわ、と女性は呆れながら、自分も喜んでいたはずだった。ところがあれこれ見てまわるうちに、日頃は何とも感じていないのに、新居を探す目で見れば、ここ何年のことか知らないけれど、街の様子がすっかり変わっている。それにつれて、新しい住まいに越して暮らすことが、思い浮かべられなくなってきた。新居の定まらないうちに、夫は若い恋人のできたことを打明けた。

生活欲が落ちたと言えば、こうして一人になっても精勤して暮らしているのだから、言いすぎになるのだろう。君の一所懸命な生き方にひかれた、と夫は一緒になることを求める時に言った。三十にもなって甘い言葉を口にすると困ったものだけれど、女性は早くに親を亡くしているので、気を張って生きてきてはいた。きりつめた共稼ぎながらまず人並みに安定した生活をおくる間もときたま、これが有り得ない幸運に思われて、あやうい橋を知らずに渡っているようで、ひとりでに身がしまりかけたところでは、これはもう芯まで染みついた、時代遅れの貧乏性なのだろう。その緊張がゆるんでしまったとしたら、それですべてに投げやりになった覚えはないけれど、自分の立居と顔つきが、夫の眼にどう映ったか、と今になって思えば苦い気持になるその底から、仕合わせだったと言わなくてはならない長い回り道の末に、出るべき道に出たような、さびしさよりも安堵のまさる心がひろがってくる。

とりわけ秋にかかって、日一日と物の影の長くなる頃の帰りに、気がつくと、目の前からひとすじまっすぐにのびる、もうまぎれようもない道を、なごんでたどる足取りになっている。どこをどう通ってもおなじことで、行き先と言って古アパートの二階の端の狭い部屋しかない。道のあたりの家々の窓に灯のともる季節には、このまままっすぐに行った先の、どことも変わらない灯の内に、たった一人で居る、老いた自分の姿が見えた。そんな覚悟があったわけでない。まだ四十を越したばかりの年だから、今は見も知らない男と、どうこうなるかも知れず、この高齢で子を産む気になることも、ないともかぎらない、と異常のないはずの身体《からだ》のほうがそうつぶやいていた。しかし、先へ見る姿として、これ以上にくっきりとした姿もないように思われた。

自分の死んだ後の、始末のことを自分で考えることもあった。縁もない人たちにできるかぎり迷惑がかからないように、簡潔な箇条書きと、ちょうどの預金を遺すこと。通夜は何もしなくても、人がつめなくても、通夜になるので、それはよいとして、葬式も読経も無用、あとは散骨にすること。香炉と線香はあったほうがよさそうで、今からでも焚けば部屋がやすらぎそうなので、近いうちに手に入れておくことにして、とそこまで思案して、これでもずいぶん人に手間をかけることになるので、いっそ献体の届けを出そうかと考えたが、解剖室に引き出された自分の身体の、死んでいまさら奔放に自己主張をしている光景が見えて、これはやめにした。いずれにしても戯れでなく、自虐をもてあそぶのでもなく、帖面をきちんと始末しておく気持だった。ある夜は机に向かって、実際に箇条書きの案をつくってみようと、白い紙を一枚前に置くと、部屋の壁が透けて、二階でもなくなり、すぐまわりから、肌の温みだけをわずかに留めて、夜の野のひろがる心地になった。

先のことはわからなくても今のところ、今のところはしばらく、さびしい死に方をしたと人に言われた親たちの、たどった道に返っている、と思った。その老人とはその後、年を越しても、毎晩外から窓の灯をたしかめて壁越しにも何かと耳をやっていても、出会うことはなかった。すぐ隣り合って暮らしているのにこれだけ完全にすれ違うところでは、老人も自分と同じように、規則正しい生活をおくっているものと見えた。実際に夜更けの老人の立居の、変わり目を聞き取れば、おおよその時刻は知れた。

女性が老人とまた出会ったのはもう三月に入った日曜日の暮れ方のことだった。紫の色のかかった夕日を頬に浴びて、ついこの前までこの時刻はもう暗かったように思えるのに日のすっかり永くなったことに、一人になっても春は来るとつぶやいて、あたり前じゃないの、来ないとでも思っていたのと自分で呆れ、でも、あたり前のことほど、おかしなことはない、と笑って公園に来かかると、例のベンチに老人が腰かけている。その姿が壮健で夕映えにくつろいでいるように見えたので女性はこだわりもなく近づいて、暖かくなりました、と声をかけると、失礼ですが、と老人は呼びとめて、あなたは、お幾つですか、とたずねた。振り向いて、老人の大まじめな顔に、隠すまでもないことだと思った。聞いて老人は自分で女性の生年を数え、首をかしげて、月日までたずねた。生年月日をいきなり言わされたことに女性は屈辱よりも、なにか新鮮な、生まれかわったみたいな驚きを覚えた。考えこんだ様子の老人を置いて遠ざかりながら、あの人、占いをやるのかしら、あのいかめしい顔つきでは、本格の占いなのかもしれないと考えて、角のところから振り返ると、老人はこちらをじっと見ていた。あの子、吉も凶も、先の相がまるで出ていない、と不思議がっているんだわ、きっと、と一人でふきだして角を折れた。

また翌週の日曜日の暮れ方のことになる。その間に春先の天気はしばらく荒れて、その午後から晴れあがり、頬に射す夕日は一段と春めいていた。老人は同じベンチにやはりくつろいだ様子でいた。首に粋な絹のマフラーを巻いていた。お元気そうですね、と女性は声をかけた。いよいよ残りがすくなくなりました、とそんな答えが返ってきた。いろいろと、しるしも見えましてな、あともうひとつだけ足りない、と言う。女性は返事のしようもなく、達者な年寄りからいつだか聞いた言葉のような気もして、それに、そう言う老人の声がかえって晴れやかに響いたので、もうじきに花の咲く季節になりますね、と逸らして通り過ぎた。

また翌週、女性は台所の窓に日の傾いたのを見てそろそろ散歩に立とうとしながら、どうなるともわからないことだからといったん切りあげた考え事にまたひきこまれて、気がついた時には窓が翳っていた。表に出るともうたそがれた道の、先のほうを老人が行く。降《お》りた夕靄を通して大きく伸びた影の、その背が近づくにつれて、はりつめている。女性もつられて音をひそめる足取りになり、息苦しさまで覚えそうになったが、老人は一歩ずつ足を踏みしめて行くので距離はじきにつまって、今晩は、遅いお出かけですね、と声をかけた。ああ、あなたでしたか、と老人は振り向きもせずに答えた。

娘がとうとうやって来たのかと思った、とそれから言った。娘さんがおありでしたのね、と女性は返して、とうに亡くなった人のことととっさに思ったことに、近頃どうしてそうなのだろうと眉をひそめた。わたしとおなじぐらいの年の方なんですね、と取りつくろったつもりが、よけいに縁起の悪い言葉を重ねた気がして口をつぐむと、なあに、いるんだか、いないんだか、知れやしません、と老人は答えた。そういう自分が、もういないんだか、まだいるんだか、知れないのと一緒で、と言う。どうしてその、娘さんだと、思われたのですか、と女性はおずおずとたずねた。足音に聞き覚えが、あるんですよ、と老人は答えた。言われて女性は思わず足が停まった。老人はやはり振り向きもせず一人で先へ行って夕靄にまぎれた。

その夜、女性は何時に変わらない隣の気配へそれとなく注意を向けるうちに、自分ももしかしたらあの老人の足音に、遠い聞き覚えがあるのではないかしら、とそんなことを考えた。老人の立居の節々に耳をやるその間際に、いつでも、何かを思い出しかけたような、さざめきが内に起きる。

彼岸も過ぎて、ある夜、思わぬ事があって女性が遅くにもどると、隣の窓が暗かった。自分の部屋の内に入っても壁越しに物音らしいものもしない。やすんでいるとしても、こんなにも気配の絶えることはいままでになかったと怪しんだ時には、部屋の内の半端なところに、着換えにもかからずにすくんでいた。気がかりを持ち越すのもいやで、廊下に出て隣の戸口に立ったが、この時刻に扉を叩くのはさすがに、大事《おおごと》に思われた。そうは言ってもこのまま部屋にもどってまた耳を傾けるのも苦しくて、おそろしいようで、その足で外階段を駆け降りた。

公園の例のベンチに人の寝ているふくらみが見えた。怖さも忘れてまっすぐに近づくと、人はいなくて、植込みの影がベンチに重なっていただけだった。そのとたんに、部屋の内から自分を追いたてた静まりよりも、もっと深い静まりが、静まりなのに神鳴りか地鳴りの凄さを内にふくんで降りてきた。それに感じて気が振れたらしい。去年の秋に老人の背について行った道の方へ走り出した。

あいまいな辻から辻へ、さしかかるたびにそれこそ狂ったようにあたりを見まわしながら、見分けがつかずに足の向くにまかせてまた駆けた。そのうちに、夜気の中に女の匂いが漂った。むかいから吹き寄せるようで、走っても走ってもまつわりついてくる。女のわたしがどうして、女の匂いになやまされなくてはならないの、と胸の内で叫びそうになった時、道に間違いはなくて、自分の窓にだけともった灯を見あげた。

足音ひそめて階段をあがって、隣の戸口の前に立った。暮れ方からそこに立っていたような、夜明けまでこうしていそうな、背つきになった。父親の急死を知らされた時の母親の、蒼白な額が見えた。

髪がそそけているのではないかと手をやると、生え際からしっとり濡れていた。

いろいろ

穂村　弘

穂村 弘

一九六二年北海道生まれ。歌人、批評家、エッセイスト。絵本の翻訳家としても活動。上智大学文学部卒業。二〇〇八年『短歌の友人』で伊藤整文学賞評論部門、『楽しい一日』で短歌研究賞、一七年『鳥肌が』で講談社エッセイ賞、一八年『水中翼船炎上中』で若山牧水賞。他の著書『ドライ ドライ アイス』『ラインマーカーズ』（歌集）、『ぼくの短歌ノート』（評論）、『野良猫を尊敬した日』『にょっ記』（エッセイ）など。

シンジケート

風の夜初めて火をみる猫の目の君がかぶりを振る十二月

停止中のエスカレーター降りるたび声たててふたり笑う一月

九官鳥しゃべらぬ朝にダイレクトメール凍って届く二月

フーガさえぎってうしろより抱けば黒鍵に指紋光る三月

郵便配達夫《メイルマン》の髪整えるくし使いドアのレンズにふくらむ四月

「あなたがたの心はとても邪悪です」と牧師の瞳も素敵な五月

泣きながら試験管振れば紫の水透明に変わる六月

限りなく音よ狂えと朝凪の光に音叉投げる七月

プードルの首根っ子押さえてトリミング種痘の痕なき肩よ八月

置き去りにされた眼鏡が砂浜で光の束をみている九月

錆びてゆく廃車の山のミラーたちいっせいに空映せ十月

水薬の表面張力ゆれやまず空に電線鳴る十一月

ゼロックスの光にふたり染まりおり降誕うたうキャロルの楽譜

舞う雪はアスピリンのごと落丁本抱えしままにかわすくちづけ

編んだ服着せられた犬に祝福を　雪の聖夜を転がるふたり

体温計くわえて窓に額つけ「ゆひら」とさわぐ雪のことかよ

子供よりシンジケートをつくろうよ「壁に向かって手をあげなさい」

ウエディングヴェール剝ぐ朝静電気よ一円硬貨色の空に散れ

モーニングコールの中に臆病のひとことありき洗礼の朝

パイプオルガンのキイに身を伏せる朝　空うめる鳩われて曇天

抱き寄せる腕に背きて月光の中に丸まる水銀のごと

「猫投げるくらいがなによ本気だして怒りゃハミガキしぼりきるわよ」

「とりかえしのつかないことがしたいね」と毛糸を玉に巻きつつ笑う

「キバ」「キバ」とふたり八重歯をむき出せば花降りかかる髪に背中に

クロスワードパズルの穴をぶどう酒係《ソムリエ》に尋ねし君は水瓶のB

新品の目覚めふたりで手に入れる　ミー　ターザン　ユー　ジェーン

馬鹿な告白のかわりにみずぎわでゴーグルの中の水をはらえり

悪口をいいあう　やねにトランクに雲を映した車はさんで

「殺し屋ァ」と声援が降る五つめのファールとられて仰ぐ空から

パーキングメーターに腰かけて夜に髪とき放つ　降れキューティクル

「みえるものが真実なのよ黄緑の鳩を時計が吐きだす夜も」
ケーキ食べ終えたフォークに銀紙を巻きつつ語るクーリエ理論
洗い髪に顔をうずめた夜明け前連続放火告げるサイレン
水滴のしたたる音にくちびるを探れば囓じるおきているのか
乾燥機のドラムの中に共用のシャツ回る音聞きつつ眠る
卵大のムースを俺の髪に塗りながら「分け合うなんてできない」
水滴のひとつひとつが月の檻レインコートの肩を抱けば
「酔ってるの？あたしが誰かわかってる？」「ブーフーウーのウーじゃないかな」

マネキンのポーズ動かすつかのまに姿うしなう昼の三日月

台風の来るを喜ぶ不精髭小便のみが色濃く熱し

夕闇の受話器《クレイドル》受けふいに歯のごとし人差し指をしずかに置けば

君がまぶたけいれんせりと告げる時谷の紅葉最も深し

許せない自分に気づく手に受けたリキッドソープのうすみどりみて

バラの棘折りつつ告げる偽りの時刻信じて眠り続けろ

ゼラチンの菓子をすくえばいま満ちる雨の匂いに包まれてひとり

その首の細さを憎む離れては黒鍵のみをはしる左手

孵るものなしと知ってもほおずきの混沌《カオス》を揉めば暗き海鳴り

ワイパーをグニュグニュに折り曲げたればグニュグニュのまま動くワイパー

ぶら下がる受話器に向けてぶちまけたげろの内容叫び続ける

ブランコもジャングルジムもシーソーもペンキ塗りたて砂場にお城

雲のかたちをいえないままにきいている球場整備員の口笛

まなざしも言葉も溶けた闇のなかはずれし受話器高く鳴り出す

こわれもの

月よりも苦しき予感ふいに満ち踊り場にとり落とす鍵束

血まみれのチューインガムよアスファルトに凍れ神父も叫ぶこの夜

A・Sは誰のイニシャルAsは砒素A・Sは誰のイニシャル・

春雷よ「自分で脱ぐ」とふりかぶるシャツの内なる腕の十字

酢になったテーブルワイン飲み干せば確信犯の眼差し宿る

百億のメタルのバニーいっせいに微笑む夜をひとりの遷都

飛行機の翼の上で踊ったら目がつぶれそう真夜中の虹
脱走兵鉄条網にからまってむかえる朝の自慰はばら色
目を醒ませ　遠くラグーンに傷ついた人魚にとどめを刺しにゆくため
雄の光・雌の光がやりまくる赤道直下鮫抱きしめろ
シュマイザー吼えよその身をばら色に輝く地平線とするまで
卵産む海亀の背に飛び乗って手榴弾のピン抜けば朝焼け
みずあびの鳥をみている洗脳につぐ洗脳の果てのある朝
爪だけの指輪のような七月をねむる天使は挽き肉になれ

桃から生まれた男

呼吸する色の不思議を見ていたら「火よ」と貴方は教えてくれる

瞬間最大宝石

ばらのとげ泡立つ五月　マジシャンの胸のうちでは鳩もくちづけ

目薬をこわがる妹のためにプラネタリウムに放て鳥たち

「飲み口を折り曲げられるストローがきらい臨時の恋人がすき」

わがままな猫は捨てよう真夜中のダストシュートをすべる流星

マジシャンが去った後には点々と宙に浮かんでいる女たち

裏切りに指輪よ描け頬を打つバックハンドの軌跡の虹

抱きしめれば　水の中のガラスの中の気泡の中の熱い風

はしゃいでもかまわないけどまたがった木馬の顔をみてはいけない

春雪よ恋の互換性想いつつあがないしばら色の耳栓

ペーパーフィルターに世界の始まりを目守る神々の春のゆうぐれ

腱鞘炎に祝福を　黒鍵は触れるそばからパセリの色に

五月　神父のあやまちはシャンプーと思って掌にとったリンス
フェンシングの面《マスク》抱きて風殺すより美しく「嘘だけど好き」
ねむりながら笑うおまえの好物は天使のちんこみたいなマカロニ

犬

ほんとうにおれのもんかよ冷蔵庫の卵置き場に落ちる涙は
生まれたてのミルクの膜に祝福の砂糖を　弱い奴は悪い奴
憎まれているのは俺か雪のなか湯気たてて血の小便小僧

蜂をのんで転がり回る犬よこの口と口とがぶつかる春を

ハーブティーにハーブ煮えつつ春の夜の嘘つきはどらえもんのはじまり

俺にも考えがあるぞと冷蔵庫のドア開け放てば凍ったキムコ

サバンナの象のうんこよ聞いてくれだるいせつないこわいさみしい

「前世は鹿です」なんて嘘をためらわぬおまえと踊ってみたい

愚かなかみなりみたいに愛してやるよジンジャエールに痺れた舌で

耳たてる手術を終えし犬のごと歩みかゆかんかぜの六叉路

冬の歌

ねむるピアノ弾きのための三連の金のペダルに如雨露で水を

朝の陽にまみれてみえなくなりそうなおまえを足で起こす日曜

あっかんべかわせば朝の聖痕は胸にこぼれた練り歯磨き《トゥースペイスト》

「許さない」と瞳《め》が笑ってるその前にゆれながら運ばれてくるゼリー

シャボン玉鼻でこわして俺以外みんな馬鹿だと思う水曜

雨の最初のひとつぶを贈る起きぬけは声が全然でないおまえに

歯を磨きながら死にたい　真冬ガソリンスタンドの床に降る星

恐ろしいのは鉄棒をいつまでもいつまでも回り続ける子供

終バスにふたりは眠る紫の〈降りますランプ〉に取り囲まれて

かぶりを振ってただ泣くばかり船よりも海をみたがる子供のように

薬指くわえて手袋脱ぎ捨てん傷つくことも愚かさのうち

ちんちんをにぎっていいよはこぶねの絵本を閉じてねむる雪の夜

「男の子はまるで違うねおしっこの湯気の匂いも叫ぶ寝言も」

「芸をしない熊にもあげる」と手の甲に静かにのせられた角砂糖

街じゅうののら犬のせた観覧車あおいおそらをしずかにめぐる

天使らのコンタクトレンズ光りつつ降る裏切りし者の頭上に

受話器とってそのまま落とす髪の毛もインクボトルも凍る夜明け前

冬の陽の音階を聴く散水車の運転手のようにさみしい朝は

翔び去りし者は忘れよぼたん雪ふりつむなかに睡れる孔雀

あかるくてさみしい朝の鳥かごにガラス細工のぶらんこ吊す

春一番うわさによると灯台であし毛の仔馬がうまれたらしい

手紙魔まみ、夏の引越し（ウサギ連れ）

目覚めたら息まっしろで、これはもう、ほんかくてきよ、ほんかくてき

明け方に雪そっくりな虫が降り誰にも区別がつかないのです

恋人の恋人の恋人の恋人の恋人の恋人の死

いつかみたうなぎ屋の甕のたれなどを、永遠的なものの例として

それはまみ初めてみるものだったけどわかったの、そう、エスカルゴ摑み

恋人のあくび涙のうつくしいうつくしい夜は朝は巡りぬ

〈自転車に乗りながら書いた手紙〉から大雪の交叉点の匂い

高熱に魘されているゆゆのヨーグルトに手をつけました、ゆるして。

ほむらさん、はいしゃにいっていませんね。星夜、受話器のなかの囁き

「汝クロウサギにコインチョコレットを与ふる勿れ」と兎は云えり

妹のゆゆはあの夏まみのなかで法として君臨していたさ

最愛の兎の牙のおそるべき敷金追徴金額はみよ

天才的手書き表札貼りつけてニンニク餃子を攻める夏の夜

「妹のゆゆ、カーテンのキャロライン、なべつかみの久保、どうぞよろしく」

出来立てのにんにく餃子にポラロイドカメラを向けている熱帯夜

硝子粒《がらすつぶ》ひかる路面にふたり立つ苺畑の見張りのように

月よりの風に吹かれるコンタクトレンズを食べた兎を抱いて

杵のひかり臼のひかり餅のひかり湯気のひかり兎のひかり

本当にウサギがついたお餅なら毛だらけのはず、おもいませんか？

金髪のおまえの辞書の「真実」と「チーズフォンデュ」のラインマーカー

世界一汚い爪の持ち主はそれはあたし、と林檎をさくり

人と馬のくっついたもの指（?）さしたストローの雫が散る、夜は

ボーリングの最高点を云いあって驚きあってねむりにおちる

整形前夜ノーマ・ジーンが泣きながら兎の尻に挿すアスピリン

腕組みをして僕たちは見守った暴れまわる朝の脱水機を

破裂したイニシャルたちがキャキラと躍りそそぐ J FK M W

歯医者《デンティスト》にゆく朝などを、永遠に訪れないものの例として

花束のばらの茎がアスパラにそっくりでちょっとショックな、まみより

手紙魔まみ、完璧な心の平和

見たこともない光沢の服を着た人間たちが溺れる夜だ

お医者さんと結婚してると信じてる、何十年もかかる治療を

1、2、3、∞《たくさん》はアフリカって（悪口ね）、まみはアフリカ、なにも要らない

さようなら。人が通るとピンポンって鳴りだすようなとこはもう嫌

完璧な心の平和、ドライアイスに指をつけても平気だったよ

ハロー　夜。ハロー　静かな霜柱。ハロー　カップヌードルの海老たち。

知んないよ昼の世界のことなんか、ウサギの寿命の話はやめて！

もうずいぶんながいあいだ生きてるの、ばかにしないでくれます。ぷん

これ以上何かになること禁じられてる、縫いぐるみショーとは違う
甘い甘いデニッシュパンを死ぬ朝も丘にのぼってたべるのでしょう
時間望遠鏡を覗けば抱きあって目を閉じているふたりがみえる
下半身が自転車の新しい種族、天道虫がすごくこわいの
それはそれは愛しあってた脳たちとラベルに書いて飾って欲しい
フランケン、おまえの頭でうつくしいとかんじるものを持ってきたのね
水準器。あの中に入れられる水はすごいね、水の運命として
いますグに愛さなけルば死ギます。とバラをくわえた新巻鮭が

両手投げキス、あのこの腕はながいからたいそうそれはきれいでしょうね
「殺虫剤ばんばん浴びて死んだから魂の引取り手がないの」
氷からまみは生まれた。先生の星、すごく速く回るのね、大すき。
この世界のすべてのものは新しい名前を待っているから、まみは
溺れたひとという想定の人形のあたまを抱《いだ》く熱風のなか
手紙かいてすごくよかったね。ほむがいない世界でなくて。まみよかったですね。
「凍る、燃える、凍る、燃える」と占いの花びら毟る宇宙飛行士
おやすみ、ほむほむ。LOVE（いままみの中にあるそういう優しいちからの全て）。

手紙魔まみ、ウエイトレス魂

お客様のなかにウエイトレスはいませんか。って非常事態宣言
お気に入りの帽子被れば人呼んでアールヌーボー給食当番
コースター、グラス、ストロー、ガムシロップ、ミルク、伝票、抱えてあゆめ
あなたのものよ貴方の物よ（手の中で色水になってしまうフラッペ）
宇宙船が軌道変更するようにもどっていった宇治冷緑茶
まみのレシピィ、まみのレシピィ、だあれも真似をするひとがない

熱帯夜。このホイップの渦巻きは機械がやったのがわかるでしょう?
「美」が虫にみえるのことをユミちゃんとミナコの前でいってはだめね
未明テレホンカード抜き取ることさえも忘れるほどの絶望を見た
きらきらと笑みを零して近づいた、ゆゆ、プリクラに飢えていたのね
まみ、いままで、めちゃくちゃだったね、ごめんね、とぼろぼろの髪の毛に謝る
サイダーがリモコン濡らす一瞬の遠い未来のさよならのこと
アイスクリームの熱い涙を嘗めたがるおりこうさんという名のウサギ
外からはぜんぜんわからないでしょう　こんなに舌を火傷している

顔中にスパンコールを鏤《ちりば》めて破産するまで月への電話
なれというなら、妹にでも姪にでもハートの9にでもなるけれど
ドラキュラには花嫁が必要だから、それは私にちがいないから
わからない比べられないでもたぶんすごく寒くて死ぬひとみたい
拳大の蟻が寝息をたてながら囓りつづけるわたしの林檎
その答はイエス、と不意に燃えあがる銀毛のイエス猫を抱けば
大好きな先生が書いてくれたからMは愛するMのカルテを
（・・・リリン）と呼ぶ声がした　云うことをきかないヒトデを叱っていたら

夜が宇宙とつながりやすいことをさしひいても途方にくれすぎるわね
窓のひとつにまたがればきらきらとすべてをゆるす手紙になった
「速達」のはんこを司っている女神がトイレでうたっています
なんという無責任なまみなんだろう　この世のすべてが愛しいなんて
もう、いいの。まみはねむって、きりかぶの、きりかぶたちのゆめをみるから
天沼のひかりを浴びて想いだすさくらでんぶの賞味期限を
一九八〇年から今までが範囲の時間かくれんぼです
玄関のところで人は消えるってウサギはちゃんとわかっているの

いくたびか生まれ変わってあの夏のウエイトレスとして巡り遭う
お替わりの水をグラスに注ぎつつ、　あなたはほむらひろしになる、　と

札幌局ラジオバイトの辻くんを映し続ける銀盆を抱く

くぐり抜ける速さでのびるジャングルジム、　白、　青、　白、　青、　ごくまれに赤

じつは、　このあいだ、　朝　　　　　　　　なんでもありません

これと同じ手紙を前にもかいたことある気がしつつ、　フタタビオクル

夢の中では、　光ることと喋ることはおなじこと。　お会いしましょう

奈良と鹿

奈良に行ったら鹿がいてびっくり。

鹿がいるのは知ってたけど、こんな風に「いる」とは思ってなかったのだ。

他の都市でいうところの猫みたいに普通に道を歩いてるじゃないか。

突然、目の前に三匹の鹿が現れて、濡れた瞳でみつめられたとき、得体の知れない幸福感に襲われた。

なんだか、これは、素晴らしい。

奈良を見習って、他の県でも個性を出すために一種類ずつ動物を放し飼いにしたらどうだろう、と思いつく。

それぞれ縁《ゆかり》の動物がいい。

群馬は馬。

鳥取は鳥。

熊本は熊。

鹿児島から奈良に対して、うちでは是非鹿をやりたいから権利をゆずってください、という申し入れ。

こっちは何年鹿をやってると思ってるんだ、そっちこそ象児島とか麒麟児島に県名を変更すればいいではないか、と奈良は拒否。

鹿児島は激怒して桜島が噴火。

鹿戦争の始まりである。

シラタキ

きんさん亡きあとのぎんさんに思いきって不凍液を注入したら見違えるように雪道にも強くなって本当にこれが銀貨三十枚でイエスを売ったジャンボ尾崎と同じ広島産の生牡蠣《なまがき》かといぶかしみながらレースクイーンにぎゅっとレモンを絞ると案の定サザエさん

一家は全員タマがリモコンで操縦していたことが判明して一同ほっと胸をなでおろしたまさにそのときなんだかあたし胸が小さくなったみたいと貴乃花が泣き出したのであわててだいじょぶだいじょぶ桐の箪笥は火事にも強いからなかの綾波レイはきっと無事だと太鼓判を押そうとするとでもここんとこ女の子と遊びまわってぜんぜん歌会にこないのはヒガシさん的にはいまいちと冷たい口調で言われたので思わずこちらもかっとなって口のなかでママに首を吊られたパパの気持ちがプッチンプリンにわかるもんかよかまわねえからどんどん金魚をすくっちまえと陛下のお耳に囁けばまことにお気の毒ですが当駅の伝言板は内容にかかわらず二十四時間経過後は消去される規則になっておりますと囁き返されてではあの愛も消えてなくなったのかと目の前が真っ暗になってがっくりとその場にしゃがみこんだはずみにジーパンの腰の部分がぱくっと口を開けたところめがけていま墜ちてゆく熱いシラタキ

来れ好敵手

こんなめにきみを会わせる人間は、ぼくのほかにはありはしないよ　穂村弘

以前、こんな短歌をつくったことがある。話し言葉そのままの奇妙な歌だが、主に女性の読者に好評だった。

自分勝手な言葉の背後にある唯一無二の絆への憧れを、感じ取って貰えたのだろう。何故、そんなことがわかるのか、と云うと、私自身がかつて同様の言葉に強くそれを感じたことがあるからだ。


恩田は気持を落ちつける様に、暫く黙っていたが、突然恐ろしい形相になって叫んだ。

「貴様、変装しているんだな。分ったぞ、分ったぞ、貴様明智だろう。明智小五郎だろう」

「ハハハ……、やっと分ったか。お察しの通りだよ。君をこんな目に合わせる人間は、僕の外にはありやしないよ。（後略）」

『人間豹』江戸川乱歩

このやりとりのなかの「君をこんな目に合わせる人間は、僕の外にはありやしないよ」という台詞を、そのまま短歌に翻訳したものが、冒頭の歌なのだ。

ほとんど同じかたちでありながら、短歌の方はよりくっきりと恋愛を思わせるものになっている。一部分を切り取ってクローズアップすることで、好敵手同士の闘いのなかの「運命のふたり」とでもいうべき要素が強調され、その甘美さが増幅されているわけだ。

だが、改めてみると、そもそもこの感覚は江戸川乱歩の作品のなかにいつも流れているものだと思う。短歌的に拡大することでそれが明らかになっただけなのだ。

「流石の蜘蛛男も、――あなたのあだ名はたしか蜘蛛男とか云いましたね。――びっくりしていますね。君をまんまと一杯食わせたかと思うと、僕は迚も愉快ですよ。ワハハハハハハハ。ごめんなさい。つい嬉しいものですからね」

「すると、貴公は……」

「分りませんか」
「分っているさ。明智小五郎。ね、当ったろう。こんな芸当を目論むやつは、その男の、外にないんだ」

『蜘蛛男』江戸川乱歩

「こんな芸当を目論むやつは、その男の、外にないんだ」とは、先の『人間豹』の引用とまさに表裏一体の云い回しであり、そこにみられる奇妙な喜びの感情は全く同一のものだろう。

『蜘蛛男』からさらに抜き出してみよう。

「(前略)俺の気持が分るかね。俺は今非常に愉快なんだ。益々この世が面白くなって来た位のものだ。明智小五郎だって？　フン、奴にどれ程のことが、……俺はね、一度逢い度い逢い度いと思っていた所なんだぜ」

明七日こそは、両雄相闘うべき日である。場所は富士洋子の居所に従って変るとも、余は断じてこの日限を延期することはない。来れ好敵手。

「あなたは、何だか賊の来ることを信じていらっしゃる様に見えますね」

警部は何故ともなく幽《かす》かな恐怖を感じて、真暗な窓の外を見ながら云った。

「信じないではいられぬのです」


どうだろう。「一度逢い度い逢い度いと思っていた」とは片思いの告白。「来れ好敵手」とはデートの誘い。「信じないではいられぬのです」とは恋人への信頼と期待。

これらは、すべて愛の言葉ではないのか。その背後には、お互いだけが知っている相手の力への信頼と、それを命がけで味わうことへの震えるような期待が感じられる。

そのように読むとき、「運命のふたり」の間に散る火花は、限りなく恋のそれに近づいてゆく。

さらに考えるなら、乱歩の作品世界に繰り返し現れる好敵手への愛とは、同性愛的な感覚の変形のようにもみえてくる。

例えば、好敵手への愛が最もはっきりと描かれた物語として『黒蜥蜴』が思い浮かぶのだが、それはこの作品が乱歩唯一の「女賊もの」であることと関連するように思われる。

男同士の物語ではそこまではっきりと愛をかたちにできず、秘めた恋にならざるを得なかったのではないか。

三島由紀夫によって美しく脚本化された『黒蜥蜴』のヒロインを、今日、美輪明宏が演じていることに不思議な納得感を覚える。

「明智さん。もうお別れです。……お別れに、たった一つのお願いを聞いて下さいません？……唇を、あなたの唇を。……」（略）

明智は無言のまま、黒蜥蜴のもう冷くなった額にソッと唇をつけた。彼を殺そうとした殺人鬼の額に、いまわの口づけをした。女賊の顔に、心からの微笑が浮んだ。

『黒蜥蜴』江戸川乱歩

トマジュー

1975年春、私は中学校入学と同時に卓球部に入った。運動は苦手。でも、文化系のクラブはなんだか格好悪いような気がして、いちばん運動っぽくない運動部を選んだのだ。もしもボウリング部があったらそこに、ビリヤード部があったらそっちに入っただろう。

その年の夏、地区の新人戦があって、同期の友人たちとともに私も初めて試合というものに出た。最初の対戦相手はお隣のK中学。シングルスとダブルスの計5試合で最終的な勝敗を決めるのだ。「よーし、パパパンパン（と手を叩く）」「ラッキー」「ドンマイ」などの声が体育館に響いた。

K中学戦の3試合目、終了間際に顧問の先生が不意にタイムをとって選手全員を呼び集めた。

「みんな、ちょっと聞いてくれ。あのな、今、審判席の方から話があってな。この試合の結果がどうでも、勝ちをK中に譲ってくれ、と云われた」

みんな、きょとんとしている。先生は続けた。

「理由はな、おまえらのズボンだ」

私たちは互いのズボンをみた。体操用の白い普通の短パンである。

「服が白いとな、球が見えにくいから駄目なんだって。悪いな、先生知らなくて」

卓球経験のない顧問の言葉に、みんなは、はあ、という顔で曖昧に頷いた。悔しがるものはいない。相手に勝ちを譲るまでもなく、既に圧倒的な大差でストレート負け寸前だったのだ。先生はそのことにも気づいていないらしい。

「全然、問題ありません」

リーダーのS君がきっぱりと云った。

その30分後、私たちは駄菓子屋の店先でジュースを飲んでいた。無惨な負け試合の帰り道に先生がおごってくれたのだ。

「ひとり1本ずつ選んでいいぞ」

当時の自販機はお金を入れては瓶を引き抜くタイプだった。コーラ、ファンタ、チェリオ、ミリンダ、バヤリース、めいめいが好きな飲み物を選んでいった。試合でぼろ負けした私はそこで個性を主張しようと思って、ちょっと変わった瓶を引き抜いた。

「トマトだ」

「トマトじゃん」

「トマト」

「トマジュー」

仲間たちの驚いたような声が広がった。ちょっと変わった瓶はトマトジュースだったのだ。当時の子供たちの間では、それは不味いものの代名詞だった。勿論、私も嫌い。まさかトマジューだとは思わなかった。どす赤い瓶を手に内心うろたえたが、反射的にこう口走っていた。

「いやあ、僕、一日1本ずつトマジュー飲むことにしてるんだよ。ここで飲めば、今日はもう飲まなくてもいいからさ」

意味不明の云い訳だ。まだ「自分はトマジューが好きだ」と云い張った方が自然だったろう。でも、みんなは「ふーん」と云っただけだった。そんなこと、どうでもいいのだ。

真昼の空はどこまでも青く澄んでいる。私たちは陽炎の砂利道に汗を垂らしながら、思い思いの格好でぼーっとしていた。不味いなあと思いながら、私もどす赤いジュースをちびちび飲んだ。

卓球好きじゃないのに見栄だけで卓球部に入ったこと。

白い短パンが許されないこと。

勝ちを譲れと云われたこと。

譲るまでもなくぼろ負けだったこと。

ジュースで個性を出そうとしたこと。

そいつがトマジューだったこと。

思わず云い訳をしてしまったこと。

その内容が意味不明だったこと。

でも「ふーん」で済まされてしまったこと。

全てが駄目。

でも、そのせいで命を奪われるようなことは何ひとつない。

この手応えのなさはなんだろう。

燃えあがるような入道雲の下で、13歳の私はどろどろのトマトジュースを啜りながら、自分の目の前に続いている筈の厖大な時間を怖ろしく思った。

大人になるまでにまだまだまだまだ時間がある。

僕はどうすれば、いいのだろう。

何をしても手応えがないのに。

どこから。

何を。

トマジューは飲んだ後の瓶が汚いこと。

共感と驚異

詩とか俳句とか短歌って読まれてないなあ、と思う。本屋にもそれらの本は殆ど置かれていないし、各ジャンルをおさえている『本の雑誌』でも扱われることは稀だ。私は歌人なのでこれはさみしい。でも普段はそのことを忘れている。詩歌はあまりにもマイナーで読まれないことが当然のようになっているので、無念さや痛みの感覚が麻痺しているのだ。

詩歌が読まれないのは、たぶん「わからない」からだろう。その前提には、詩や歌は「わかる」ひとには「わかる」。でも自分には「わからない」という読者の側の思い込みがあるのではないか。だが、それは誤解だ。あまり云われないことだが、そもそも近代以降の詩歌とは、どんなに「わかる」ひとにも半分くらいしか「わからない」ジャンルなのだ。例えば私の場合、20年以上詠みまた読み続けている短歌でも「わかる」のは全体の60パーセントくらいである。俳句が25パーセント、現代詩では10パーセントくらいだろうか。つまり専門的にやっている人間にとっても、詩歌は「わからない」のが普通。作品の紹介や解説をするときは、自分にとって「わかる」ものを選んでやっているに過ぎない。

だからみんなも怖がらずに読みましょう、と云っても、そううまくはいかない。今の読者にとって「わからない」ことへの抵抗感はとても強いのだ。確実に「わかる」ところに着地することが求められている。その結果、近年は小説などでも、「泣ける」本とか、「笑える」本とか、感情面での一種の実用書のような扱いになっている。

「共感（シンパシー）」と「驚異（ワンダー）」、言語表現を支えるこれらふたつの要素のうち、「泣ける」本、「笑える」本を求める読者は、圧倒的に「共感」優位の読み方をしているのだろう。言葉のなかに「驚異」など求めていないのだ。

そして詩歌は「共感」よりも「驚異」との親和性が高い。だから敬遠される。例外的に読まれるのは、作品の背後に「共感」しやすい物語がある場合である。作者が不治の病とか心中したとか獄中の死刑囚とか、それらが「共感」面での補強要素として作用するわけだ。

人間の一生のなかで「驚異」を求める感覚が最も増大するのは思春期だろう。未知への憧れの高まりと共にひとは哲学書や詩歌の言葉に近づくことがある。そして年をとるにつれて世界への「共感」性を増してゆく、「お天道様にも雑草にも石ころにも感謝」「今日一日が有り難い」的な感覚がその到達点か。

だが近頃、道端でそのような言葉を筆っぽい文字で書いたものを並べている若者たちをよくみる。やはり言葉の「共感」性が増大しているのか。私はなんとなくこわいものをみるように横目でそれをみる。どうせ書くならもっと健全な、例えばこんなのにして欲しい。

竊盗金魚
強盗喇叭
恐喝胡弓
賭博ねこ
詐欺更紗
瀆職天鵞絨《びらうど》
姦淫林檎
傷害雲雀《ひばり》
殺人ちゆりつぷ
堕胎陰影
騒擾ゆき
放火まるめろ
誘拐かすてえら。

「囈語」山村暮鳥

共感と驚異・その2

詩や短歌から小説へ移った書き手は昔から沢山いるのに、その逆の小説から詩歌へという例は皆無である。これは小説の方が読者が多いとかお金になるとかいう理由だけによるものではない。書き手の加齢や経験の蓄積と共に、表現感覚が「驚異（ワンダー）」志向から「共感（シンパシー）」志向に移るのが普通であって、その逆ではないということの影響が大きいと思う。「驚異」から「共感」への感覚のシフトがジャンルとしての詩から小説への移行に対応しているのだ。

若い表現者が「驚異」を求める心の底には、今自分がいる世界への強い違和感や反発心があるのだろう。この世界の全てと引き替えにしても未知の価値を得たい、という欲求はそこから立ち上がってくる。彼らは、今までに誰もみたことがなかったものを作りたいと願う。初めて表現するくせに何故そんなに強気なのか、というのは大人の見方であって、初めてだからこそ無限に夢が膨らむのだ。殆どの場合、その試みは失敗する。だが、無謀な賭けに成功したひとりが次の新しい世界を拓く、というのが歴史の本質でもあるようだ。

若者の「驚異」への親和性は、現実の体験や実績の乏しさとも関連している。過去の蓄積がないからこそ、今もっている全てを捨てても新しい何かを得たいとか、世界を更新したいとか、考えることができるのだ。彼等は過去や現在に敬意を払わない。その全てをなげうっても未来を摑もうとする。

年をとった人間はそうはいかない。加齢とともに過去は重くなり、未来の時間は少なくなる。だから今までに得たものの意味や価値を信じたい、という気持ちが強くなる。それが世界や他者や歴史への「共感」に結びつくのではないか。ベテランの作家が歴史物に手を出すような例も思い浮かぶ。

生の時間が進むにつれて高まる「共感」とは人間の生存本能の一種だと思う。生の終局面において、「お天道様ありがとう」「道端の石ころや雑草たちありがとう」「御先祖さまありがとう」という「共感」の光に包まれながら、安らかに個体としての死を迎えたい、というわけだ。

それに対して、世界を覆そうとする「驚異」志向は個の生存に対しては不利に働く。結果的に夭折や非業の死を呼びやすい。「驚異」に触れようとする若者は死にやすい。冒険家やギャンブラーやロックミュージシャンや詩人も死にやすい。小説家のなかでも「共感」寄りのエンタテインメント作家よりも「驚異」寄りの純文学作家の方が死にやすい。

ところが、前項で述べたように近年の若者たちの言葉は「ありのままの君でいいんだよ」「しあわせは自分の心が決める」的な「共感」寄りにシフトしているようにみえる。これは何を意味しているのだろう。そうならなくてはサバイバルできないほど生存のための状況が厳しくなっているということか。だが「驚異」を求めて無謀な賭けに出る者がいなくなると世界は更新されなくなる。彼らの言葉の安らかさは、より大きな世界の滅びを予感させるのだ。

共感と驚異・その3

何かに感動する人間って鈍感なんじゃないか、と思うことがある。中学生のとき、世界の名作文学を何冊読んでも何も感じなかった。大人になって改めて読み直してみてその面白さに驚いたのだが、これは経験を積んで作品の魅力がより深くわかるようになったということなのだろうか。どうも違うような気がする。加齢と共に「驚異」を「驚異」のままキャッチする能力が衰えて「共感」に変換して味わうようになったのではないか。

両親と一緒にテレビを観ていて、笑うタイミングというかツボが違うなあと思ったことがある。彼らは「驚異」を「驚異」のまま感受して面白がることができない。そこに「共感」性が多量に含まれていないと安心して笑うことができないのだ。ＮＨＫの昼のお笑い番組のようなタイプの笑いである。

スポーツの選手が遺影を抱えて入場してきたことを何度も強調するアナウンサーがいる。その選手のプレイ自体が生み出す「驚異」が信じられず、外部の物語による「共感」を付与しないと視聴者は感動できないと思っているのだ。先日の高校サッカー中継では、監督の名前が画面に出るたびにその下に「去年の11月に心臓の大手術」の文字が表示されていた。テレビ的に最も価値ある情報が「それ」なのだろう。スポーツを一種のドラマに、つまり「驚異」を「共感」に変換したいのだ。

その観点から『スラムダンク』（井上雄彦）は凄いと思う。残り時間０秒で信じられないような逆転シュートが入った瞬間、登場人物たちは全員驚愕と畏怖の表情をしている。「驚異」に触れてしまった者の顔だ。一瞬の後に周囲の人間たちが歓喜と絶望の表情に変わった後も、シュートを放った本人だけは「怖ろしい」「理解できない」という顔のまま。「驚異」から「共感」へ移行する心の時間差が表現されているのだ。逆転勝利というこの世の価値と共に喜びがやってくる前の、この「怖ろしい」「理解できない」瞬間こそが黄金の時ではないか。黄金の時の別名は「詩」。スポーツなどでいうところのファンタジスタとは「詩」を生み出す者のことだろう。

「驚異」と「共感」の間の時間差について、中原中也は次のように述べている。

知れよ、面白いから笑ふので、笑ふので面白いのではない。面白い所では人は寧ろニガムシつぶしたやうな表情をする。やがてにつこりするのだが、ニガムシつぶしてゐる所が芸術世界で、笑ふ所はもう生活世界だと云へる。

「芸術論覚え書」中原中也

「驚異」の源にあるものは未知性の親玉たる「死」であろう。中原中也とかロナウジーニョとか甲本ヒロトとかビートたけしとか、生身でそこに触れることのできる者たちがこの世に「詩」を持ち帰る。それが中也のいう我々の「生活世界」でさまざまに薄められて「共感」的に二次利用されているわけだ。表現とは宿命的にそういうものなのかもしれないが、でも「泣ける本」とかの決めうちはあんまりなんじゃないか。「心臓の大手術」のエピソード紹介はせめて試合の後にして貰いたいと思うのだ。

のぼりとのスナフキン

堀江敏幸

堀江敏幸

一九六四年岐阜県生まれ。作家、フランス文学者。早稲田大学第一文学部卒業。九九年『おぱらばん』で三島由紀夫賞、二〇〇一年「熊の敷石」で芥川賞、〇三年「スタンス・ドット」で川端康成文学賞、〇四年『雪沼とその周辺』で木山捷平文学賞、谷崎潤一郎賞、〇六年『河岸忘日抄』で読売文学賞、一六年『その姿の消し方』で野間文芸賞。他の著書『オールドレンズの神のもとで』『坂を見あげて』『燃焼のための習作』『なずな』など。

　私鉄特有の、狭くるしいけれどそれなりに風情《ふぜい》のあるホームが改修されてずいぶん味気なくなった駅をゆるゆると抜け、進行方向右手に「たま川」という建設省認定の看板が見えてくると、ほどなく対岸の土手にへばりついている見晴らし台のような登戸のホームが迫ってくるのだが、私の目が奪われるのは、左手の小山のうえに顔をのぞかせている遊園地の観覧車ではなく、やはり右手の、つまり東京都側の中州の飛び領土に首を高くもたげた起重機と、これはおそらく護岸工事のトラックが使うためなのだろう、鉄道橋とならんで伸びている薄緑色の多摩水道橋のわきから十手みたいに突き出した赤い鉄の橋の方である。なんというか、こうした間に合わせの建造物が妙に気になる性分なので、いつかこっそり渡ってやろうと毎度のように念じているのだが、夢を実現するには川を越える前の和泉《いずみ》多摩川で下車したほうが便利に決まっているのになぜそうしないかといえば、それはもっぱら「のぼりとでおりる」という語義矛盾を実践したいからなのである。

南武線との乗り換えがあるため間歇的《かんけつ》に人波にさらわれる登戸は、その近辺に住んでいる方々には申し訳ないけれど、町への入口ではなくたんなる通過点に貶《おとし》められている風情の、どことなく不遇な匂いの漂う駅だ。週に何度か白地に青いストライプの鈍行列車で南武線をまたぎ、遊園地へ向かうモノレールの誘惑を断ち切って旧陸軍払い下げ地だとされる生田の山の勤務地を目指すのがこのところの生活パターンなのだが、通勤時間を節約するべく途中で急行に乗り換えたとたん、気がゆるんで意識を失い、はっと目を覚ますともう新百合ヶ丘であったり相模大野であったりすることが一再ならずあり、そんなとき私は、早朝の不幸を嘆くかわりに、スズキコージの文に片山健が絵をつけた『やまのかいしゃ』（架空社）の主人公ほげたさんを思い出すようにしている。ほげたさんは朝が苦手で、昼過ぎになってようやく床を抜け出し、あわてて電車に飛び乗ったはいいがトイレのスリッパを履いたまま鞄も眼鏡も忘れてきている勇猛果敢なサラリーマンだ。おまけに本当なら高層ビルの林立する都心に向かうはずの列車の窓からは美しい緑の山が見えてきて、あわれ下り電車に乗ってしまったほげたさんは、しかし終着駅までいっこう動ずる気配がないのである。

ほげたさんは、ふらふらと、でんしゃからおりると、えきのべんじょにはいって、これからどうするか、かんがえてみました。いいかんがえがうかばないので、べんじょからでて、えきいんのひとに、わけをはなすと、えきいんのひとはくびをかしげながら、こまったかおをして、えきのそとへだしてくれました。

ほげたさんは、こうなったら、きょうは、やまのかいしゃへいこうとおもいました。

ほげたさんは山の頂上を会社に見立ててずんずんのぼっていき、道なかばで同僚のほいさくんに出会うという驚くべき体験をしつつそれを不思議とも思わずに平然と挨拶《あいさつ》を交わし、あげくの果てにほいさくんが持っていた携帯電話で、ここは空気がいいからと、社長以下、会社の面々をすべて「やまのかいしゃ」に呼んでしまう。この途方もない展開の物語に触れてわが身の未熟を認めざるをえないのは、新百合ヶ丘ていどで蒼《あお》ざめるなら、いっそ本厚木からバスに乗り、七沢温泉の「やまのかいしゃ」に出かけて猪鍋《ししなべ》でもつつくか、そのまま終点まで寝直して「うみのかいしゃ」に向かい、新鮮な海の幸を食べるぐらいの度量がないからである。とはいえ午後から退屈な寄り合いがあるような日には、少し早めに家を出、階段の延長のごとき登戸の悲しみに波長をあわせて下車すると、狭苦しい商店街と架線下を抜け、貸しボート屋の周囲のほんのりした空気を求めて土手沿いを歩くことがあり、たとえば今日も午後遅く、目先の仕事に必要な資料を取りに行くついでに散歩でもしようと思って、小型の保温水筒に珈琲を直接ドリップで落とし、最寄り駅の前のパン屋で小倉あんぱんなんぞ仕入れて足どりも軽やかに「のぼりとでおりた」のだが、売店が休みで閑散としている斜面を下りようと一歩足を踏み出した瞬間、コンクリートの升目の縁に足を取られてつんのめり、水のなかに身を投げ出す直前で持ちこたえるという失態を演じてしまった。爪先の痛みをこらえ、恥ずかしさをごまかしながら涼しい顔で身体を起こせば、対岸の護岸工事現場を囲む塀のうえに、私の横着を戒めるような《安全第一》の看板が見える。なるほど安全第一かと反省しつつ一服しようとしたところ、今度はあいにくと火がなかった。売店は休みだし駅前の商店街まで戻るのも面倒くさい。火をわけてもらえそうなのは、つまづいたとき思わず発した私の声に顔を向けた釣り師のご隠居ひとりである。火はありますかと訊《たず》ねると、ご隠居は快く百円ライターを貸してくれたのだが、私が取り出したチェリーの箱にちらりと目をやると、お若いのに珍しい煙草《たばこ》を吸っておられますなあとさも感心したふうに言い、わたしも昔はチェリーを吸ってましたよ、なにしろ開封したときにぷうんと鼻をつくあの甘い香りがいいでしょうと同意を求める。まったくその通りですねと、べつだん話を合わせるわけでなく本心でそう答えたあとお礼に一本すすめてみたのだが、大病してこの方、医者の命令もあってなるたけ弱いやつを吸ってるんですよと、老人は皺《しわ》くちゃになったキャスターをポケットから出して見せてくれた。

　しばらくのあいだ、黙って前方を見つめながら、私たちはそれぞれの煙草を味わった。流れのあまり感じられないひらべったい水面に、赤と黄色に塗装された起重機本体と、その先から伸びている鉤《かぎ》のついたワイヤーが、細かい波に揺れる美しい模様を映し出し、背後の水道橋の線と交錯してアンデス高地さながらの巨大な図絵を広げているその上に烏《からす》と鷺《さぎ》が舞って、なにかを弔うように白黒の澪《みお》を曳《ひ》いている。だがなにを弔うのか？　例外的な大雪に見舞われた今年の冬を？　ついに冴《さ》えなかった私の青春を？　それともここではないどこか遠い街の記憶を？　目黒にあった「やまのかいしゃ」を辞め、川崎のはずれに位置する新しい「やまのかいしゃ」に移って半年後の夏の終わりから曖昧《あいまい》に書きはじめられた一連の散文がついこのあいだやはり曖昧に終結し、責を逃れていくばくかの安堵《あんど》に浸っている胸のうちでくすぶっていた杳《かす》かな街の記憶が、いま後背の西側から滲《にじ》みだした浅紅を照り返す川水にゆっくりと溶解していく。あれら虚構の街にもうしばらくたゆたっていたいとの想《おも》いと、一刻も早く抜け出したいとの想いに引き裂かれつつ、私がいま、ひとつの理想として呼び寄せようとしているのは、「やまのかいしゃ」に出かけたほげたさんではなく、引きがあるまでの間をつぶそうと、おもむろに小さなハーモニカを取り出してフォスターの曲を吹きはじめたわが釣り人同様、川べりで釣り糸を垂らしてはこころに浮かぶ音を拾っていたさすらい人の存在だ。ただし最初に姿を現わしたときその手にあった楽器はハーモニカではなくギターで、私の記憶が確かならば、彼はマイナーコードのこんな歌詞を口ずさんでいた。

雨に濡《ぬ》れたつ
おさびし山よ
われに語れ
きみのなみだのそのわけを

夕陽に浮かぶ
おさびし山よ
われに語れ
きみのえがおのそのわけを

断るまでもなく、私が触れようとしているのは、井上ひさし作詞の主題歌で幕をあけるテレビアニメ版の初代『ムーミン』であり、西本裕行の野太い声で吹き替えられたさすらいの人スナフキンは、岸田今日子の雄弁な不協和音を得た主人公ムーミンの相談役として忘れがたい存在だった。テレビだけではなく雑誌附録のぺなぺなした赤いソノシートで私は何度かこのおさびし山の歌を聴いた覚えがあるのだが、橙《だいだいいろ》色の帽子に赤いマフラー、黄色いシャツ姿でギターを手にしたスナフキンは、緑色の帽子と緑色のコートに身を包み、ハーモニカを手放さないトーベ・ヤンソンの原作とは似て非なる苦みばしった吟遊詩人であった。『スター・ウォーズ』的な異人たちの集うムーミン谷に彼が現われる季節は夏場と決まっていて、小さな橋のたもとにテントを張って気ままに暮らし、秋風が吹く頃またふらりと旅に出てゆく。スナフキンは、日曜日の夜七時半から八時まで、暖炉の燃える暖かい部屋で冷たいカルピスを飲むブルジョワ家庭の閉ざされた空間を横目で見ながら、谷間に未知の広がりを与える貴重な行動者として、ながいあいだ私の憧《あこが》れの的だった。

もっとも、ムーミンの声を岸田今日子から高山みなみが受け継いだ新シリーズでは、スナフキンはより原型に近く、思慮深いけれどやんちゃなところもある少年のように描かれていて、それはそれで気に入ってはいるのだが、幼少期に目に焼き付いたテレビアニメの影響は予想外に強く、私のなかでのスナフキンのイメージは、おさびし山に美を見いだす詩人として定着してしまったのである。じっさい初代シリーズの設定は原作と相当に異なっている。スノークの妹はノンノンではなく「スノークのおじょうさん」——新シリーズではフローレン——だったし、そもそもスノークはムーミンと別種のトロールに属していて、当初はムーミン谷の住人ですらなかった。寒気を呼ぶ怪物モランは、本来なら女性扱いで、黒豹《くろひょう》にまたがり、巨大なルビーを求めて時空を超えるあの「飛行おに」がムーミンママにごちそうされるのは、木苺《きいちご》のジュースではなくてパンケーキとジャムだった。だがそんな異同を調べあげたところで何の役にも立ちはしない。アニメと原作はべつものであり、典拠とすべきはヤンソンの作品なのだ。

ムーミンがはじめてスナフキンと出会うのは、スニフといっしょに天文台への旅をしている最中のことだった（『ムーミン谷の彗星《すいせい》』）。以後、彼らは適度な距離をたもった、混じりけのない真率な友情で結ばれる。スナフキンは、ひとりの自由人だった。スノークのような虚栄心もなければ、じゃこうねずみのような厭世感《えんせいかん》も持ち合わせていない開かれた精神の持ち主。「スナフキンは、おちついていて、なんでもよく知っています。けれども、じぶんの知識をひけらかすようなことはしません。スナフキンから旅の話をきかせてもらえることがあると、じぶんもひみつの同盟にいれてもらったような気がして、だれでもとくいに思うのでした」（『ムーミン谷の夏まつり』、下村隆一訳）とあるとおり、必要最低限のことしか口にしないのに相手の蒙《もう》を啓《ひら》く産婆《さんば》術の達人であり、たとえば自己嫌悪《けんお》に陥っていたヘムレンさんの心をもなごませ、「きみといっしょにいると、ほんとうにたのしいよ」と言わしめる（『ムーミン谷の十一月』、鈴木徹郎訳）。あるいはまた、好き放題で負けん気の強いちびのミイ――『ムーミンパパの思い出』によれば、スナフキンはムーミンパパの友人ヨクサルとミムラ夫人とのあいだに生まれた子で、ミイとは異父弟の関係にある――ともごく自然に順応し、「たいせつなのは、じぶんのしたいことを、じぶんで知ってるってことだよ」（『ムーミン谷の夏まつり』）とさりげなく波長を合わせてみせる。自然のなかで肩肘《かたひじ》張らずに暮らす彼には物欲もなく、「うまれたときから着ている古シャツ一まいで、すみからすみまで幸福だった」。

　そういうスナフキンの思想をいちばんみごとに伝えているのは『ムーミン谷の十一月』で、これがシリーズの最高傑作だと私が疑わない理由もそこにある。なにしろ物語はスナフキンの旅立ちを軸に組まれているのだから。ある朝、目を覚まして秋の気配を感じたスナフキンは、漂泊の想い抑えがたく、すぐさまテントの杭《くい》を抜き、炭火を消して走り出し、「葉のすみずみまで、のびのびとくつろいでいる、ぽつんと一本はなれて立った木のように、ゆったりした気持ち」になる。孤独な木となった放浪者は、旅のさなかにこんなことを思う。

大きな家も、小さな家もありました。どれもこれも、くっつきそうなようすでならんでいました。くっついてしまっている家もありました。その家は、となりと、屋根も、といも、ごみ箱まで共同でした。となりの家のまどの中がまる見えで、となりの食べもののにおいまで、よくわかりました。

おなじようなえんとつと、高い切りづまと、井戸のポンプがならんでいる下に、家から家へ通じている、すりへった道がありました。

スナフキンは、音もたてずに、すばやく歩いていきながら、思いました。

(家ってやつは、どいつもこいつも、気に入らないな)

どんな土地を歩きまわろうと、帰るべき場所を必要としている私が憧れのスナフキンになれないのはもはや明らかだ。「塔の家」ならぬ「ムーミンやしき」の間取りが気に掛かるのも、こちらが本質的には定住者に属するからなのだろう。あのつつましい屋敷は、捨て子だったムーミンパパを代表格とする魂の冒険者たちにとって、いかにも快適な係留地なのである。小説を書いているらしい夢想家のムーミンパパも、かつては大いなる旅に身を任せた漂泊者だった。だが帰るべき場所があるかぎり、漂泊は甘えにすぎない。たとえ文章のなかであれ甘えの別名である漂泊の真似事《まねごと》を許した身に、スナフキンの孤独を理解できるはずもないのである。ムーミン谷への入口を示す看板を描いたヘムレンさんに、ふだんは冷静なスナフキンがとつぜん激怒した場面を私は思い出す。彼は「立入禁止とか、境界とか、閉鎖とか、しめだしとか、ひとりじめをあらわす感じのことば」が、「なにがなんでも」大嫌いだった。建設省認定の「たま川」などという看板を見たら、おそらく肝をつぶしたにちがいない。境界とは、ここでは地理的な問題にとどまらず、他者との関係にも波及する概念であり、スナフキンにとっては、自由な関係を固定させてしまうような過度な友情も一種の「境界」として、「しめだし」として拒否される体のものだった。

とはいえムーミン・シリーズを支えているのは、完全に自立した存在であるかのようなスナフキンがいちばんスナフキンらしく輝きうる環境を用意し、なおかつそれをまったく表には出さないムーミン谷の、特異な雰囲気の方ではあるまいか。そうでなければ、「ぼくのさがしているのは、おせっかいされないことさ」と豪語するスナフキンが、ムーミンたちを恋しく思うはずがない。

　ムーミンたちだって、うるさいことはうるさいんです。おしゃべりだってしたがります。どこへいっても、顔があいます。でも、ムーミンたちといっしょのときは、自分ひとりになれるんです。いったい、ムーミンたちは、どんなふうにふるまうんだろう、と、スナフキンはふしぎに思いました。夏になるたびにいつも、ずっといっしょにすごしていて、そのくせ、ぼくが、ひとりっきりになれたひみつがわからないなんて。

（『ムーミン谷の十一月』）

スナフキンが独立不羈《ふき》の存在であることは疑うべくもないけれど、旅をつづけて少し顎《あご》のあがりかけた彼にもっとも適した濃度の酸素を吹き込んでやる仲間たちの振る舞いの方にこそ、じつはムーミン谷の秘密が隠されているのだ。感情のじかの接触におぼれず、それをゆっくり育てたり修復したりする時間の使い方に、あの連中はいかにも長《た》けている。スナフキンがいなくとも谷間の四季はめぐり、おさびし山には日がのぼる。しかしムーミン谷がなければスナフキンの個性があんなにも際《きわ》だつことはなかった。どこに行くのかと問われて、「わかるもんか、そんなこと」と応じる彼にとっても、ムーミン谷は必要不可欠の寄港地なのだ。画筆を握ったか否《いな》かは残念ながら確認できないものの、ハーモニカをギターに置き換え、「一ぴきのムムリク」である彼を現実の人間にたとえるなら、「オトカム」と名乗った辻《つじ》まことのような姿になるかもしれない。ただし、辻まことにすら家はあったし、その漂泊には起点と終点がたしかにあった。漂泊にはいつか終わりが来る。終わりを永久に繰りのべるためには、大きな勇気と並はずれた精神力が必要とされるのだ。そういう力のない者は、どこかで早々と足を止めるほかないのだろう。（家ってやつは、どいつもこいつも、面白い）と感じている私には漂う資格すらなく、川崎市の北東のはずれにあるおさびし山と環状八号線沿いの西洋長屋を往復するのが精いっぱいである。ほげたさんのように、「きょうは」やまのかいしゃに行こうと、その日かぎりの新鮮な決断を下す勇気などついに持ち得ない輩《やから》にできるのは、「きょうも」とさもしい反復を提示することのみであり、現に「きょうも」これから、埃《ほこり》にまみれた「やまのかいしゃ」の書棚に足を運ぼうとしている。しんなりした小倉あんぱんを食べ、持参の珈琲を啜《すす》ってからもただぼんやり土手に腰を下ろして煙草を喫《の》んでいる私の隣で、ご隠居のハーモニカは陽気な男たちが住むというアラバマを通過してルイジアナを目指し、「たま川」どころか遥《はる》かなるスワニー河を越えていよいよ佳境に入り、草競馬の勢いで近眼の似非《えせ》スナフキンを追い立てるのだが、しだいに低く下りかかってきた夕闇のなか、白地に青の車体を鮮やかな茜《あかね》に染めて鉄橋を徐行してくる列車の蛍光燈の光と、むこう岸の空に突き出した起重機の横の砂山に映える朱色がいつまでも足を引き留める。いまやその朱色は、胸ポケットのなかで湿ったチェリーの箱の赤よりも濃く、指先に残った煙草の火よりも熱い。

逆水戸

町田　康

町田　康
一九六二年大阪府生まれ。作家、詩人、パンク歌手。九七年『くっすん大黒』で野間文芸新人賞、Bunkamuraドゥマゴ文学賞、二〇〇〇年「きれぎれ」で芥川賞、〇一年『土間の四十八滝』で萩原朔太郎賞、〇二年「権現の踊り子」で川端康成文学賞、〇五年『告白』で谷崎潤一郎賞、〇八年『宿屋めぐり』で野間文芸賞。他の著書『記憶の盆をどり』『しらふで生きる大酒飲みの決断』『猫のエルは』『ギケイキ』『湖畔の愛』『ホサナ』など。

誰もがむやみに人を殴りたくなるような貞享三年四月。腐ったような里山に新緑のぼけが芽吹いていやがった。

田だか野だか分からぬあほらしい草原があってそのうえ間抜けなクリークがありやがった。なめているのか。

しかもそのまぬけなクリークにはあろうことか馬鹿みたいな土橋がかかっていやがった。その土橋を光という名の若い娘が渡っていた。

貧乏徳利を大事そうに袖で包み持ち、頭と尻を七三に振っていそいそ渡っている。

土橋を渡りきったところに白壁の倉庫のような建物が建っていた。

光が土橋を渡りきり、倉庫のような建物の前を通り掛かった、そのとき、倉庫の脇から男が四人、突如として飛び出てきた。

どの男も、着物の着方はだらだらしているし、人相は兇悪だし、虚勢を張って肩を左右に揺すぶったり、その方が怖いと思っているのか、にやにや笑ったりしているというのは典型的のやくざ者である。

　瘦せて目つきの鋭い男が一歩前に進み出た。この男はマリアの天さんという兄哥だった。なぜマリアの天さんかというと顔が聖母マリアに似ていたからである。暴力や脅迫が実に得意であった。若干病弱ですぐ風邪ひいたり腰を痛めたり筋肉痛になったりしていたけれど。マリアの天さんは娘に、

「おい。お光。いいところであったなあ。ちょうどおめえのところに行くところだったんだぜ」と言うと仲間の方を振り返り、「ぎょほほほ」と笑った。

　仲間はこれに応えて、「いききききき」と笑った。

　やくざはそうして楽しく笑っていたが娘は恐怖に怯え身を固くしていた。というのは、当然やくざがただ挨拶したのではないのをこの娘は即座に理解したからである。

　光は貧乏徳利を抱き抱えるようにして身体を斜交いにしつつ横向になってちょらちょら前進することによってやくざを振り払おうとした。これにいたって天さん、始めて怒気を発し、

「やい。お光。俺たちの前を黙って通り過ぎるたあ、いってえどういう了見だい。いいか。てめぇちの親爺の久吉は親分に三十両借りて今日まで利息も払わねぇんだぞ。往来で

俺たちと行きあったら、相済みません、と詫びるのがあたりめぇだろう。それをば、てめえっちときたら、もう勘弁ならねぇ、さあ、俺たちと一緒に来いっ」

　言うなり光の手を取ってぐいぐいひっぱる。仲間の者も追随、光をひっ担ごうとする。光は光でひょっとして手籠めにでもされるのではないかと思うからありたけの力で抗う。暫時揉みあいになって光が抱えていた貧乏徳利が転がって割れた。

　光は、あっ、と悲しげな声をあげた。酒がみるみる地面に吸い込まれていった。

　その瞬間、光はからだの大きな頭を剃ったやくざに軽々と抱えられた。なんとなれば悲しくなった瞬間、抵抗する力が弛んだから。

　光は手足をばたばたさせたがこうなるともう駄目だ、からだの大きな男。この男は十両雀といって、かつて大坂相撲の大関で緑が浜という相撲の弟子をしていた本職であった。といって本当に十両とっていた訳ではなく、そんなことは自分で言っているだけで実際は褌担ぎであった。なにをやらしても半端な男で稽古をなまけて飯の盗み食いばかりしていた腐ったアホである。しかし常人より力の強いのに変わりはなく、ましてこの場合、抱えられているのは非力な若い娘。十両雀は光が抵抗してもがくのをそよぐ風が頰を撫でるように感じていた愉しんでいた。十両雀はそうして光のからだの感触を愉しむと同時に、午には大量の丼飯を食いたいものだ、と思っていた。

光がもがくほどに白い脛があらわになった。やくざ者たちはこのことをことのほかよろこんだ。出っ歯で吊り目の男もひゃらひゃら笑ってきた。この男は中華左右衛門といって、名前は派手だがからきし意気地のない男であった。博奕は好きだが空下手で素人の旦那衆にさえばかにされていた。助平だが不細工なうえ吝嗇なので少しももてなかった。お追従と陰口ばかり言っていた。中華左右衛門は下卑た笑いをうかめつつ言った。

「ひゃひゃひゃ。ひゅうひゅう。われわれで先にいただいちゃいましょうか。ひっひっひっ。ふうっ、足が疲れた」

光は身体を固くした。しかし、マリアの天さんが言った。

「そりゃだめだ。どうせ女郎にするからといってそんな勝手をしたら親分に仕置きされる」

光は一瞬、ほっとしたが、じきにはっとした。

わたしが女郎にされる。わたしは女郎にされる。光は絶望のあまりぐったりとなった。馬鹿丸だしの、むかむかするような陽光がみなに均しく降り注いでいた。光にも十両雀にも割れた貧乏徳利にも。

マリアの天さんは言った。

「さあ、はやく行こう。まごまごしてると日が昏れちまうぜ」

言いながら天さんは頭のなかでは、そんな訳ねぇか。まだ二時だもんな。まあでもとにかく急ごう、わかんないけど、と思っていた。

と、そのときである。土橋の向こうから三人の人間が歩いてきた。

ひとりは安積覚兵衛という男で、振り分けの荷物を持ち、尻をたっかく端折って足元も厳重な旅ごしらい、道中差を一本さして、体格もいいし全体にきりとした、きわめて様子の好い男である。中国人なら、ハオ！　といったであろうか。

いまひとりは瞳さんという若い女でこれも旅ごしらい。町家の娘で、これもまた様子の好い女なのであるが、若干、自意識過剰気味なのであろうか、しきり髪に手をやり、あっちをみたりこっちをみたり、或いは軽くよろけてみたりするし、また全体に驕慢というか、若い娘に似合わずふてぶてしい印象があった。

最後のひとりは年寄った男で、黄色い着物を着て同じ色の頭巾を被り、真ん中が異様にふくらみ先のすぼんだ、襞のたくさんある不細工なズボンを穿いて、草鞋履き藜《あかざ》の杖を持っていた。この年寄りこそ誰あろう、従三位権中納言徳川光圀公であった。なぜそんな貴人がこんな道をたった三人で、徒《かち》で通行しているのか。おかしいじゃないか。というのは誰もが思うところであるが実は徳川光圀は現在諸国を忍びで旅行中なのであった。なぜそんなことをするのかというと別に、したかったからで、光圀は越後の縮緬問屋の隠居光右衛門と身分を隠し、供も必要ぎりぎりの最低限の護衛のみを連れ歩いていたのである。

橋の向こうの騒動を見て光圀は言った。

「覚さん」

「はっ」

「あの騒動はなんじゃ」

「若い娘が拐《かどわ》かされてるようにみえます」

「それはいかん。行って助けてやりなさい」

「はっ」

覚兵衛は橋の方へ駆けていきやくざに声をかけた。

「ちょっと待て」

声をかけられ一行は足をとめた。マリアの天さんが代表して答えた。

「なんだあ？　てめえは」

「みたところかどわかしのようだけどやめた方がいいんじゃないか。なぜなら被害者が気の毒だから」

見ず知らずの者にいきなりそんな正論を吐かれて激昂したマリアの天さんは、

「おまえらに俺の気持ちが分かってたまるかあっ」と絶叫しながら覚兵衛に飛びかかった。しかしながら覚兵衛は日々剣術の鍛練を怠らぬ武士であるうえ柔の達人であった。

マリアの天さんは飛びかかった次の瞬間、地面に腰をしたたか打ちつけていた。そのとき天さんは、こんなところで腰を打って俺はまるであほのようだ、と思った。下は砂地なのに落ちたところにたまたま石があったからこんなに痛いのだ、とも思った。そして呻いた。「うーん」呻きながら、天さんは叫んだ。

「せ、せんせいっ」

「応」

と答え、ぬらっ。と前に進み出たのは牢人者であった。黒い着物を着て突き袖のようなことをして虚無的な感じで左右に揺曳している様子はいかにも強そうであった。男は左右田右近と言って武州牢人であった。剣術の達人で藩の武術指南役をしていたが上司の妻と密通の揚げ句、露顕するや上司を殺害、邸宅に火を放ち三千両を奪って妻を連れて逃げ、ほどなくして妻も殺害、金のためなら殺人などいくらでもするという狂気の男という触れ込みであったがそれは嘘であった。

左右田は仕官していたことはなく、親の代からの牢人であった。左右田は本所の裏店で育ち、剣術も町内の道場に通った程度の腕であった。しかも左右田はメランコリイであった。子供が遊んでいたり雀がちゅんちゅらいってる、といったなにげない景色を見ただけで抑鬱的な気分になり涙が溢れるのだ。おまけに左右田は極度の近眼であった。いまは泰平だからよいが戦国の世ならこんな侍、瞬時に死んでいただろう。

しかし相手は町家の手代風の男。ちょっと剣術みたいな恰好をしたらじきに怯えて逃げるに違いない。そう高をくくった左右田はゆらゆら近づいてく。

天さんは転がったまま、十両雀は光を担いだまま、中華左右衛門はへらへら笑って左右田と安積を眺めていた。青空に鳶が旋回していた。雲雀が飛び上がった。雀が暴れた。鳩が叫んだ。

次の瞬間、左右田は地面に転がって腰をしたたかぶつけていた。左右田はこんなところで腰を打って拙者はまるでばかのようだ、と思っていた。このことを親分に報告されたら首だな、そしたらまた乞食同様の暮らしだ。残念だな、とも思っていた。

「さ。娘さんを放しなさい」

涼やかな声で覚兵衛は言った。天さんは立ち上がって腰を押さえた。痛かった。腰が痛いので天さんは弱気になって娘を放そうかとも思ったが、そんなわけにもいかんだろうとも思った。天さんは痛みをこらえて言った。

「っていうかさあ、あんた事情分かって言ってんですか」

「事情?」覚兵衛は訝しげに眉を顰めた。

「そう事情ですよ」

「なにか事情があるのか?」

「ありますよ。俺たちが訳もなく娘をさらうわけねぇでしょう。いいですか、この娘の父親で大工の久吉は俺たちの親分に三十両という大金を借りて返さねぇばかりか三月の間利息も払わねぇんですよ。だから俺たちはこの娘に働いてもらって利息だけでも払ってもらおうと思ってるんですよ。かどわかしなんかじゃありませんよ」

「ふうむ」覚兵衛は唸った。三十両借りて借金を返さないのなら連れて行かれても仕方ないと思ったからである。

覚兵衛がうなっているところに光圀と瞳さんが追いついてきた。

「どうしました。覚さん」

「この者が申すには、これはかどわかしではなく、この娘の父親が三月前にこの者らの主に三十両を借りはなしにして金利も支払わぬゆえ、娘に代わって払えといっているだけだということらしいです」

「むむむ。そりゃまことか」と問う光圀に天さんは、「ほんとですよ」と答えた。

「じゃあしょうがないか」と言って光圀は地面を見た。

その様を見て中華左右衛門が、

「なんだったら隠居、あんたが代わりに三十両と利息を払ってくれるというのかい。こっちはそれでもいいんだぜ」と嘲弄するような口調で言った。

瞳さんが、じっと光圀をみつめた。覚兵衛も光圀をみつめた。

光圀はしばらく地面を見つめていたがやがて顔を上げ、

「まあ、そういう正当な事由があるのだったら仕方ありません。いや、足を止めてすまんじゃった。はい、行ってくださって結構です」と言った。

光は絶望して軽くわなないた。「じゃあ行こう」マリアの天さんたちは腰を押さえつつ、よろよろ歩き去った。

瞳さんが無言で光圀をみつめた。覚兵衛も無言で光圀をみつめた。

光圀は顔を上げ、瞳さんともまた安積とも目を合わせずに、しかし威厳のある調子で、

「さっ。旅を続けましょう。宿で助さんと八米が首を長くして待っておりまするぞ」と言った。

抜けるようなまっ青な空であった。鳶が首を振りながら、ぎゃあぎゃあぎゃあ、と喚いて東南に飛び去った。急用でもあるのであろうか。

一方その頃、宿場の一膳飯屋ではふたりの男が向きあって酒を飲んでいた。ひとりは佐々助三郎といって、安積覚兵衛と同じく光圀の配下で、背格好もなりも安積と似ていたが安積の面つきがいかついガイって感じなのに比し、佐々はややなまたれた色男って感じなのであった。事実、佐々は女に惚れられることが多く、自身もすぐ惚れた。感情的な性格の男であった。くぐもったような風邪声であった。いつか三味線を弾けるようになりたいと夢想していたが、武士が三味線を習うのもなあ、とくよくよ考え、いまだ練習にとりかかっていないのであった。

いまひとりの男は八米といって遊び人風の若者であるが実は忍者で、光圀の護衛として同行しているのであった。しかし、ああなんというだらしない忍者だろうか、旅姿もなんだか弛緩しているし表情も間抜けだった。これは韜晦だろうか。鈍くさい遊び人に身をやつしているのだろうか。そんなことはなかった。

八米は忍術をひとつも知らなかったのだ。

八米はそのことにひどく劣等感を抱いていた。ときに八米はひとりで山の沼に行き、水面を眺めながら述懐するのであった。

忍術を使えない忍者なんて！

しかし普段の八米は概ね快活で始終よしなしごとを言っては笑われたり窘められたりし

ていた。このときもそうだった。八米は、鮹の煮たのを一口食べ、うぷっ、などと言いながら言った。

「しかしあれですよね、御老公にもまいったね」

助三郎は酒を手酌で注いで一口飲み悠然と首を回して答えた。

「なんだ八。少しは口を慎め」

「だってそうじゃありませんか。先行って宿とっとけ、ってお行列じゃねぇんだから、一緒にくりゃあいいじゃあありませんか。それを先行って宿取れ、なんつうからいっそいで駆けてきて。宿とって。そしたらなんですよ、ちっとも来ないじゃありませんか。おいらだれちゃった」

「まあ、そう愚痴をいうねぇ。実は大きな声じゃいえないがな」

「なんです」

「こうして飲んでいられるのは、さっき俺が宿屋の番頭と交渉して賄賂をもらったからなんだぜ」

「なるほどねえ。さすがは助さんだ。じゃあ気兼ねなく頂戴しますよ。おっと、空だ。おい親爺、こっちにあと二、三本つけて持ってきてくれ」

へーい。答えた親爺に、

「こっちにも持ってこい」と怒鳴る者があった。呂律が回っていないのに大きな声であった。怒鳴ったのは助三郎たちの隣の席で飲んでいた職人体の男で、すでに随分と酔っ払っているらしく、銚子の林立する卓に突っ伏していた。五十がらみのいかにも頑固そうな男であった。

おまたせいたしました、そう言って助三郎の卓に酒を持ってきた店の親爺は振り返るとうって変わってぞんざいな口調で言った。

「棟梁。いい加減にしろよ。そんだけ飲みゃ充分だろ。それにおまえ、金、持ってんのかよ。とりあえず、ここまでの分払ってくれよ。そしたら飲ませてやるよ」

「なんだと、この野郎、客に対して」

棟梁と呼ばれた男は店の親爺に摑みかかった。しかし大酔している、どんがらがっしゃどんどん、椅子に足を取られてひっくりかえってしまった。店主は呆れて奥に引き込んでしまう。助三郎は八米に言った。

「おや、ひっくりかえってしまった。おい八、可哀相だ。起こしてやれ」

「ほっときましょうよ、あんな酔っ払い」

「いいからおこしてやれ」

「そうですか。じゃあ。こうつと、おい、でぇじょうぶか。しっかりしねぇ」

「うるせぇ、馬鹿野郎、べたべたすんねぇ」

怒鳴りながら八米に助け起こされたこの男こそ誰あろう、光の父親、大工の久吉であった。

「おい、しっかりしろよ、おい」

「うるせえ、俺は俺だけど、でもおまえは誰？　潰れた饅頭みたいな顔のお兄哥さんだね」

「やかましいやい」

八米はひどく傷ついて手を放し、店の隅に行って屈伸運動を始めた。八米はときどきこういうことをする若者であった。助三郎が話しかけた。

「大丈夫か」

「大丈夫じゃねぇや。一杯飲ましてくれ」

「うむ。よかろう。さっ、呑め」

「ああ、まずい」

「奢って貰ってまずいという奴があるか」屈伸を終えて戻ってきた八米が言った。

「うるせえ、俺がうまいずくで酒飲んでるとでも思ってんのか、篦棒奴」

「違うのか」

「ちがわいちがわい」久吉はだだをこねるように言った。その後、久吉が佐々と八米に語ったのは、自分の人生は不幸の連続で自分としてはさまざまに心を砕き、いろいろと努力したのにもかかわらず、やることなすことうまくいかず、気がつけばすべてを失い、残ったのは巨額の負債と酒精中毒の症状のみで、一人娘にもつらい思いばかりさせ自らの不甲斐なさがくち惜しいが二進も三進もいかない、という内容の愚痴話であった。

八米が言った。

「なるほど。そりゃ気の毒な話だが結局、原因はなんなんだい」

「は？」

「つまりそうなった原因があるだろ。それはいったいなんなんだい」

「はあ」

「例えばだな、おいらこうして旅をしていてよく見たり聞いたりするのは、そうして騙されるのはたいてい真面目な善人でね、よく聞くと悪い商人と悪いお役人が裏で結託して善人を騙してるなんてさ。そういう原因ないの」

「まあ、ひとことで言えば」

「ひとことで言えば」

「私が仕事をしないで酒ばかり飲んだり、後は博奕をしたりね。それでいろいろ算段に詰まって武田の富士丘親分のところへ行って三両借りたってのが始まりだな。その後、段々に借りが嵩んでいま三十両の借金があって、道具やなんかもみんな形にとられてっから仕事もできねぇ、とまあこういう寸法です」

「じゃあなに、悪い奴に騙された、とかそういう訳じゃないの」

「あ、そういうんじゃない。俺が飲んで博奕して、廓も行ったかな、二、三べんだけど。はははは」

久吉は明るく笑った。八米は笑わなかった。助三郎も笑わなかった。卓に虫が這った。

「じゃあ、八、そろそろ行こうか。御隠居がもうお着きかも知らん」

佐々が言った。

「そうですね。しくじっちゃかなわねぇ、行きましょう行きましょう。親爺、勘定たのまあ」

「へい。三百六十文でございます」

「高ぇなあ。ここ置くぞ」助三郎は銭を置いた。

久吉は寂しかった。もう行ってしまうのかと思った。酒をもっと飲みたいと思った。久吉は言った。

「あの、俺の……」

「まだなにか？」

「俺の勘定はどうなるんだろう」

「知らねぇよそんなの」

「それに、俺はもう飲みすぎて歩けない。誰か家まで送ってくれないんだろうか」

「ますます知らねぇよ。ねぇ、助さん」

「そうだとも。俺たちは忙しいんだよ。じゃあ、親爺、邪魔したな」

爽やかに言って助三郎八米のふたり連れは店を出た。背後で、「なにいっ。銭がねぇ、ふざけんな」という怒声と、どんがらどっしゃん、という物音が響いた。

助三郎と八米は振り返った。なにも見えなかった。まだ高い陽の光で明るく店のなかは薄暗かったからである。

微醺。そして明るい陽の光を浴びて助三郎も八米もよい気分だった。助三郎は拳を固めた両手をゆっくり突き上げつつ身をよじるようにして言った。

「いっやあ、実に」

これに随う八米は、ほんとほんとという風ににこにこ笑っていた。

店内では憤激した店主に桶でどつきまわされた久吉が血みどろであった。どろどろであった。

宿屋の二階で宿帳を持ってきた番頭が光圀らに世辞を言っていた。光圀はそれら世辞をいい加減に聞き流し、そして言った。

「ときに番頭さん。このあたりを支配する代官はなんという名前でしたかな」

「はあ。田垣三郎兵衛様でございます」

名前を出すだけで恭謙な態度になった番頭を光圀は心のなかで笑った。たかが代官ごときにこんな恭謙な態度をとっている番頭が、もし光圀が従三位権中納言であるということを知ったらどんなにか驚くだろう、と思うとおかしくて笑えたのである。

しかしその笑いのなかにはわずかに苦い感情も交じっていた。

代官ごときを貴人のごとくに奉って真の貴人である光圀を田舎爺い扱いにしているのが、やはりどこか気に入らなかったからである。そんな感情を引きずって光圀は言った。

「なるほどな。して田垣様の評判はいかがです。悪徳商人と結託して私腹を肥やすとか領民の女房娘を陵辱するとか辻斬りをするとか女風呂をのぞくとかそういう噂はございませんか。いや、ここだけの話」

と言った光圀は場合によっては代官屋敷に乗り込んで身分を明かし、成敗とかしてやろうかなと思っていた。しかし番頭は、

「そんなことはありません。別に普通のお代官です」

と言い、用があったらいつでも呼んでくれ、と言って部屋を出ていった。

光圀は思った。まあ、普通の代官ならいい。別に自分は代官を懲らしめるために来たわけではない。別に虚心坦懐、旅をすればよいのだ。

光圀が思っていると、「やべっ。もうお着きだ」などと言いながら、助三郎と八米がたいへんに恐縮の態で座敷に入ってきた。光圀は叱った。

「遅いですぞ。助さん。いったいどこで油を売っておったのです」助三郎は頭をかきかき言った。

「たいへん申し訳ありません。宿で難儀をしている大工あるを見掛け、これを救って話を聞いているうちにすっかり時が経ってしまいました」

光圀は先ほどの苦い感情がまだこころに蟠っているのを感じ、そして言った。

「なるほど。それはよいことをした。百姓町人が難儀をしていたらこれを救うてやらねばならぬ。ほおほおほお。どんな様子であったのかな」

「酒に酔って足を取られ倒れておりました。なんでもうち続く不運に見まわれて、自暴自棄になって酒を飲み、みたところその家でする勘定も持ち合わせておらぬ様子でした」

「なるほどのう。民百姓が先に希望を持てぬというのも御政道が乱れておるからだ。それでなんだ、助け起こして話を聞いて、その店の勘定も払ってやったのか」

「いえ。そのままにして我々はひと足先に店を出ました」

「なにいっ。払ってやらないでひと足先に店を出たあっ」と言って光圀は言葉を切った。光圀はぼんやりと襖に描かれた、渓流下りの船がひっくり返り、ひとびとが溺れている絵を眺め、なんでこんな絵が描いてあるのかと思った。光圀は暫く黙った。誰もなにも言わなかった。ややあって光圀は言った。

「まあ、そうだよな」と言い、同意を求めるように、「ねぇ、覚さん」と言った。

「御意、御意。私達もあの娘が」

「そうそうそう。なんだか悪そうなのが娘を拐かしているのかと思ったら違うんだよ、親爺が借金して金返さないらしいんだよね。それじゃあしょうがないよねぇ。だからといって予が払う筋合いでもないし」

言う光圀に助三郎は勢いごんで言った。

「我々もそうなんですよ。なんでも男は大工らしいんですけどね、仕事をしないで酒飲んで博奕ばかりしているうちに借金で首が回らなくなって家が人手に渡っただの、一人娘を廓奉公にださなきゃなんねぇだの、ぐずぐず言ってましたけど、そんな奴の飲み代を別に僕らが払う必要ないですよねえ」

「うむ。しかしいまの助さんの話は昼間の娘の話に似てませんか、覚さん」

「そういえばあの者ら、大工とかいっておりましたなあ」

「名は」

「たしか、久吉」

光圀は、おお、と思った。覚兵衛も、おお、と思った。瞳さんはあらぬ方を見て茶を飲むふりをして、ひそかに屁をこいていた。光圀は言った。

「それは予が昼間、行きあった娘の父親じゃ」

助三郎が腕組みして言った。

「なるほど。主君と臣下がほぼ同時に父親と娘を救っていた、か。ふうむ。なるほど。そして娘は女郎になり、父親は無銭飲食、か。なるほど。実に玄妙な偶然の、ううむ。なるほど。ううむ、広い世間でかようなことが、なるほど」

いいながら助三郎は虚しい気持ちになっていた。だからなんなんだという気持ちになった。しかし誰もなにも言わない。助三郎も曖昧に話しやめ、座敷に気まずい空気が漂った。

からん。遠くで筒の転がるような音が聞こえた。それをきっかけのようにして光圀が言った。

「ではそろそろ食事にいたしましょうか」

「合点承知」と八米が手を叩いた。ぽんぽん。誰も来ない。も一度叩いた。ぽんぽん。来ない。間をおかずに叩いた。ぽんぽんぽんぽん。来ない。「しょうがねぇな」八米は四つん這いになって襖を開け、廊下に首を出して、「おーい、誰かいないかい」と呼ばった。答える者はなかった。

八米は屈辱的な気持ちになった。聞こえていてわざと無視しているのではないか、と思った。しかし俺は従者だ。暴れたりすることはできない。俺はあくまでも一歩引いた立場で御老公や佐々様安積様の要望に応えねばならぬのだ。そう思った八米は屈辱や苛立ちをこらえ、

「しょうがねぇなあ、もう。おいらちょっと行ってきます」と明るく言って階下へ降りていった。

八米が降りていくのを見届けた光圀が改まった調子で言った。

「ええっと。では食事が終わったら休むことになりますが、みてのとおりここは二間続きの部屋。ということは、この間に覚さん助さん八の三人、奥の間で予と瞳さん、ということでよろしいかな」

と光圀が言うのを聞いて、瞳さんが、

「えええええっ？」ときわめて不服そうな声をあげて光圀を見た。

途端に光圀は狼狽え、若い者同士間違いがあってはいかんと思っただけだ、というような意味のことを瞳さんに言っていた。説明はしどろもどろであった。瞳さんは、「ありえない」とかいろいろ言ってとりつく島もない態度であった。

助三郎が覚兵衛に耳打ちした。

「あの瞳さんというのはいったい誰なんだろうね」

「さあ、それが俺にも分からないんだよ。ある日、突然現れて気がついたら一緒に旅をしていた。御老公は知りあいの親戚の娘とか言ってたけどな」

「なんか妙に態度太くないか」

「そうそうそう。なんか変に堂々としてるよね」

「なぜかひとりだけ、さん付けだしね」

「そうそうそう。あの人だけねぇ。なんでだろう」

光圀と瞳さんは暫く言い争っていた。階下から炊事の温気が漂ってきていた。もうすぐ夏だ。

だっだっだっだっだっだっだっだっだっだっ。山の斜面、木立と木立の間を手っ甲脚絆に草鞋履き、尻をからげた遊び人風の男が駆けていた。

ばらばらばらばらっ。陣笠にぶっ裂き羽織の侍、そして胴巻きをつけた足軽どもがこれを追っていた。

遊び人風の男は風車の矢七といって光圀一行を側面から支援するために旅をしている忍者だった。八米は矢七を兄哥と呼んで慕っていた。もちろん矢七は八米と違っていろいろな忍術を会得、実際にこれを使うことができた。

しかしこたびはしくじった。

遊び人を装って旅をしている矢七は大野の血煙一家に草鞋を脱いだ。二、三日ごろごろして草鞋銭もらって旅立とうとしていたところへ生首と鮮鯛とが届いた。送ってきたのは血煙一家とは犬猿の仲の石和の野狐一家。生首は一家の若い者。添えてあった書状、左封じの封切れば、ひとこと、「バーカ」と書いてある。

さあ、野狐一家と間違いだ。みな喧嘩仕度しているところへ、ああら卑怯未練なのは野狐の彦三郎だ、代官所に手を回して血煙一家が代官所に暴れ込むなんていってある。御用御用御用御用、神妙に縛につけ。戦仕度のものものしい役人どもが乗り込んできて怒鳴るのを矢七、ここでつかまってはまずいというので、誰も気がつかぬうちにさっと裏口に向かったのはさすが忍者、身のこなしの敏捷さは猫か猿のようだが、昨日少し飲みすぎていたのか、江戸火鉢の角の尖ったところで弁慶の泣きどころ、いやというほどぶつけ、「あ痛っ」と叫んで転んで手を突いたところにしゅんしゅんに湯が沸いた鉄瓶があった。いくら忍者でも熱湯に手を突っ込んで平気でいられる訳はない、「あ痛っ」と二度叫んで泣きながらのたうちまわっているところへ、声を聞きつけた役人がやってきて、御用御用御用、と怒鳴る。進退窮まった矢七は、「やかましいやいっ。そんなに怒鳴らなきゃ、たったひとりの俺をお縄に出来ねぇのか。まったく癇に障る。つかまえるにしてももうちょっと粋にやったらどうだい。夜露は身体に毒なんだよ。南蛮人の人権はどうなってんだい。ああ、もうやってらんねぇ。これでもくらえ」と泣きながらも怒鳴ると匕首を引き抜いて役人のアキレス腱を切った。役人は泣きながら崩れ落ちる。その隙に矢七も裏口に逃げ、足と手の痛みに泣きながら宿外れまで走り、裏山に駆け込んだ。山伝いに隣国に入ってしまおうという魂胆だ。しかし役人どもは執拗であった。どこまでもどこまでも追ってくる。矢七は足の痛み手の痛みに泣きながら思った。

ああ。これは俺の人生最大の難所だ。

矢七の手は倍ほどに膨れあがっていた。矢七は泣きじゃくりながら斜面を駆け上がり駆け降りたのである。

小糠雨。降っていた。木の間の下草が滑りやすくなっていたが片手が利かない矢七は枝をつかんで身体を支えることができずときおり転がった。

あだだだだっ。矢七はまた転がった。しかし追っ手はすぐそこまで迫っている。立ち上がろうとしてまた滑って転んだ。ぐきっ。厭な音がした。足首をぐねってしまったのだ。激痛が走った。しかし逃げなければならない。矢七は立ち上がり足を引きずって走った。しかしそんな体たらくで逃げきれるわけがない。足軽のひとりが追いついてきた。槍でがんがん突いてくる。仕方ない矢七は匕首を抜いて応戦した。ちゃりんちゃりん、やっ、ずばんっ。ふんぐうっ。ひとり殺った。

しかしそうしている間に次々に追いついてきて、がんがん槍で突いてくる。

ちっ。不覚。

と矢七は余裕ありげに言った。でもそんなことを言ったからといってどうなるものでもない、矢七は慌てて匕首を振り回した。ちゃりんちゃりん、やっ、ずばんっ。ふんぐうっ。ふたり殺った。三人殺った、四人殺った、五人殺った。しかし敵はどんどん湧いてくる。

くっそう切りがねえ、と矢七は叫んだ。その間にも足軽ががんがん槍で突いてくる。短い匕首で五人もやれるだけでもたいしたもので、それは矢七が忍者で強いからである。しかしいまは片手片脚しか利かないし、そんな状態で雨のなかを駆けてきたのだから疲労が甚だしい。昨日の酒もまだ残っている。

矢七は、もはやこれまでか。つまんない人生だったなあ。と思って、それから、あっ、と叫んだ。矢七は思った。

まったく今日の俺はどうかしている。懐に硝煙弾があるじゃないか。なぜいままでそれに気がつかなかったんだ。あれを地面に叩き付けて爆発させ、相手が怯んだ隙に逃げればよいのだ。まったくもってこれまでなにを苦労していたのだ。いやしかし助かった。

矢七は敵の槍をかわしながら懐を探り、一歩飛び下がると硝煙弾を斜面に叩きつけた。

ぽそん。

爆発しなかった。折からの雨で火薬が湿っていたのである。

「なにをやってもうまくいかねぇ」

矢七は大声で叫び、そして覚悟を決めた。ところがどういう訳かあまり突いてこなくなった。なんだかわからんがこの隙にとりあえず逃げよう、足を引きずって駆けだすと、ぐわんっ、轟音が響いて脇の木の幹が裂けた。驚いて振り返ると、足軽が膝を突いて銃を構えており、その横でぶっ裂き羽織の侍が得意そうに采配を掲げている。

くっそうなめやがって。一瞬、むかついた矢七は向かっていってあの侍を突き殺してから死んでやろうか、と思ったが忍にそのような私情は禁物、とりあえずいまは逃げられるだけ逃げよう、そう肚を決めて木立の間の斜面をこけつまろびつじぐざぐに駆けたのであった。

雨一段と激しくなって。

「かしこまってございます。よい間がまだいくらもございます」と言う番頭の後ろ姿を見ながら八米は、まったくなんであの人だけ、こんな特別扱いなんだろうなあ、と苦々しい気分であった。結局、話がつかず新たに瞳さんだけ別の部屋を用意してもらうことになったのである。

「造作をかけます」と瞳さんはさきほどまであんなに傲然としていたくせに、殊勝らしいことを言って頭を下げた。実に外面のよい女である。

「いえいえ」相好を崩して番頭が頭を下げたそのときである。

しゅらしゅらしゅらしゅらしゅら。どこからともなく赤い羽根の風車が飛んできて番頭の盆の窪に突き刺さり、がっ。番頭は一言、呻いて目を見開くと前のめりに倒れた。

覚兵衛が慌てて助け起こしたがすでにこときれている。

あまりのことに一同、なにも言えないでいると、天井からなかば落ちるようにして男が飛び下りてきた。深手を負い、全身濡れねずみという惨憺たる姿の矢七であった。濡れた落葉が畳のうえに散らばった。矢七は言った。

「しまった。手元がくるった」

「矢七、いったいどうしたんだ。なにがあったんだ」問い質しつつ覚兵衛は思った。いくら現れる前に赤い羽根の風車を投げて合図をするのが常だからといって、なにもこんなになりながら風車を投げないでもよいではないか。

「面目ない。実は……」矢七が説明をしかけた途端、どやどやっ、物音がして、「宿改めである」という怒鳴り声がした。

「説明は後です。助さん覚さん、矢七と番頭さんの死骸を奥の間へ」

光圀が言うと同時に、さっ、襖を開けて役人と宿屋の若い者が入ってきた。

「恐れ入ります。宿改めでございます」と申し訳なさそうに言う宿屋の若い者に光圀は言った。

「それはそれは大変ですな」

「はいそうなんでございますよ、番頭はどっかいっちゃうし、本当にもう」と若い者が泣き言を言うのに、「黙れ」と役人が割って入った。

「その方らはなんだ」威張って言ったとき、なにくわぬ顔で奥の間から、覚兵衛と助三郎が出てきて言った。「これはこれはお役目御苦労様に存じます」白こい奴らだ。

光圀が答えた。

「私は越後の縮緬問屋の隠居で光右衛門、ここにいるのは供の者でございます」

「なるほど都合五人であるな。どこへ行く」

「江戸表へ参ります」

「なるほど江戸表ね」

「なにかあったのでございますか」

「なにもなくてこんな面倒くさいことをするか。賊がこの宿に逃げ込んだのだ。おっ、なんだ畳が濡れておるな。なんだそれは」

「さきほど茶をこぼしたのでございます」

「なるほど茶ね。おっ。なんだあれは。天井板が外れておる」

「さきほど籠球の稽古をしておったのでございます」

「なるほど籠球の稽古ね。って、さような馬鹿げたことがあるかっ。怪しい爺いだ。白髪の髭なんかたくわえおって。おっ。奥にもう一間あるな、調べよ」

止める間もあらばこそ、代官所の手の者が奥の間に続く襖を開けた。宿屋の若い者はおろおろしていた。

どう言い訳しようか。面倒くさいから身分を明かすか。でもそれはそれで面倒だ。光圀が思っていると表から、ちんとんてんしゃんすととんとことん、三味線と太鼓の合奏の音が聞こえてきた。

光圀は宿屋の若い者に尋ねた。

「あの音はなんです」

「今夜は年に一度のへげムーン祭りです」

「なんですな、そのへげムーン祭りというのは」

「みなてんでに松明や提灯を持って朝まで歌ったり暴れたりするのです」

「ほほーん、それは愉快ですなあ。後で見物に行ってみましょう」と光圀は呑気なことを言った。八米は、これだから大名は呑気だ。いまはそんなことを言っているときじゃないだろう、と思ったが彼の立場ではなにもいえない、部屋の隅に行って金魚運動をしたいのをこらえ、黙ってことの成りゆきを見守っていた。

がらがらがらがら。ついに代官所の手の者が襖を開けた。

座敷は薄暗い。役人が強盗提灯《がんどう》でなかを照らした。覚兵衛は目を疑った。押し入れに隠したはずの番頭の死骸が薄暗い座敷の真ん中に、ちん、と坐っていたからである。

「なんだその方は」

「へえ。私はこの家の番頭の伊八でございます」くぐもった声で番頭は答えた。

「なに、番頭。しかとさようか」

役人が問い質すと同時に若い者が、「あ、番頭さん」と声をあげた。

「番頭がかかるところでなにをいたしおる」

「へえ、雨漏りがするとおっしゃるのでみにまいっておったのでございます」

「その方、異様に背中が盛り上がっておるな」

「へえ、ここのところ佝僂病を患っておりまして、へっへっへっ」

「なんだか俯き加減だな。しかと顔が見えぬ。面をあげい。というと、なんだ？ そんなうえを見なくともよろしい」

「へっへっへっ。相済みません」

「あ。また下を向きおった。ええいっ。胡乱な奴。代官所まで同道いたせ。光右衛門とやら、その方も同様じゃ」

言われて光圀は肚を決めた。光圀は立ち上がって言った。

「こうなったら仕方ない。助さん、覚さん。懲らしめてやりなさい」

助三郎は思った。

まじかよ。こらしめてやりなさい、なんて簡単に言うけど相手は別になにも悪いことをしていない。ただ仕事をしていただけだ。それにむこうは武装した役人、こっちはたったふたり。いつもならこれに加えて矢七、お吟が加わって四人だからいいようなものの矢七はあんな体たらくで二人羽織をして遊んでる。お吟にいたっては姿もみせん。

　吟とは誰か。矢七と同じく忍者で、やはり光圀一行を護衛すべく旅をしていた。そんな重要な任務を帯びた吟はそのときどこにいたのか。実はこのとき吟はこの宿場にいた。しかし光圀一行がそして同僚の矢七がかかる窮地に陥っているとはつゆ知らず、吟はへげムーン祭りの山車に乗り、三味線をかき鳴らし、よっ。はっ。などと掛け声をかけていた。盛装して髪を美しく結い上げた吟の顔は群集の掲げる何万という明かりに照らされ、生のエネルギーに満ちて輝いていた。

　よっ。はっ。よっ。はっ。音曲好きの吟は乗りに乗っていた。

　助三郎は今度、間違えたふりをして吟の寝床に入っていってやろうかな、と思いつつ、腰をしずめ刀の柄に手をかけた。

「おのれ。手向いいたすか。捕れ」

「はっ」

　わっ、と寄ってくるのを、すばばばばん。いきなり三人斬って納刀した。

　助三郎は居合の達人であった。

　覚兵衛は、あっ、と声をあげた。斬ってしまったのか。と腹を立てた。覚兵衛は思った。別に斬らずともことをわけて話をし、老人が権中納言徳川光圀であることを明かせばとりあえずは捕縛されることもないのに、いきなり斬るとはなんというあわて者だ。なんだか胃から鳩尾にかけてきりきり痛くなってきた。神経性の胃炎だ。そういえばこの痛みは慢性的だ。まったくもって。

と覚兵衛が思っているうちにも捕り手が迫ってくる。「待て待て」というのは助三郎、役人双方に言ったつもりなのだけれどもどちらも聞きやしない、ええいっ、こうなったらしょうがない、しょせん相手は二十人くらいか。なら達人の俺たちのこと、なんとかなら ん人数でもないか。ええいっ。ままよ。やろう。

ちら、と座敷を振り返ると矢七が番頭の羽織から出て光圀と瞳さんを庇って匕首を振り回している。ちゃんちゃん、すばん。ばばばばん。何人かが矢七にアキレス腱を切られて転がった。

いってー、いてーよ。足軽のひとりは泣きじゃくって足を押さえて転がり、しかしいつまで泣いていても誰も助けてくれないのだ、と悟り、じりじりっ、と廊下の方に這っていった。ずぶっ。その背中に刀を突き立てた者があった。瞳さんだった。ぎゃん。足軽は喚いてひくひくし、やがて動かなくなった。ギチという今年二十歳の若者であった。瞳さんは刀を引き抜くと別の、転がっている足軽の背中に刀を突き立てた。無表情であった。

覚兵衛は指叉《さすまた》で殴りかかってきた足軽を瞳さんからなるべく遠い方へ柔で投げ飛ばし矢七に声をかけた。

「矢七、大丈夫か」

「駄目っぽいね」苦笑して矢七は答え、また足軽を斬った。

「俺と助三郎で表を食い止めるから御老公を連れて裏口から逃げてくれ。次の宿で落ちあおう」

「やってみますよ」

「じゃあな」

言うと覚兵衛は、おおおおっ、と絶叫、刀を振り回して廊下へ押し出ていった。

ちゃりんちゃりん、どばっ。すばばん、ふんっ。ふむ。おどりゃあ。ばばばん、どすっ。どばっ。なんとか血路を開いて、と助三郎、覚兵衛の二人は迫りくる代官所の役人、足軽の攻撃から体をかわし切り伏せ突き伏せ、なんとか宿屋の玄関から表に出て絶望した。

じゃんかじゃんかじゃんかじゃんかじゃんかじゃんかじゃんかじゃんか。祭りがクライマックスを迎えたのであろう、急調子の三味線、太鼓が鳴り響き、群集の掲げる灯火で空が赤く染まっていた。そして宿屋の前の往来には兵が整列、ふたりに向けて槍の穂先、そして銃口を向けていたのである。

助三郎は言った。

「なんでこんなことになった」

覚兵衛は答えた。

「わからん」

兵が、さっ、と退いて道ができたかと思うと後方から騎馬の武士が現れ、

「この地の代官、田垣三郎兵衛である。この者の一味であろう。神妙に縛につけ」とえらそうに言った。田垣が手にした采配で指し示した先には縄を打たれた徳川光圀の姿があった。片手片脚の不自由な矢七は覚兵衛が座敷を出た後、足軽に槍で腹を刺され、そのうえ刀で手を切られ、ぐったりとなったところを滅多刺し、全身百四十八箇所を刺されて絶命したのである。

意識が途切れる寸前、矢七は、「おぼん」と言った。その意味は誰にも分からない。

矢七がいなくなれば後は大名の光圀と忍術を知らない八米と女の瞳さん、八米は斬り殺され、光圀と瞳さんは捕縛されたのである。

縄を打たれた光圀は笑いだしたいような愉快な気持ちになっていた。光圀は演技をしている俳優のような気分であった。予は従三位。その予をかかる屈辱的な目に遭わしている

この田垣とかいう代官の身分はじゃあなにほどのものだ。予からみれば犬ころみたいなものだ。いかなる事情があれ予に縄を打ったとなれば、あの者は切腹はまぬかれぬ。ははは。それを知ったらあの者はどんな顔をするだろう。それを思うと、おかしてたまらん。ははは、おかしてたまらん。じゃんかじゃんかじゃんかじゃんかじゃんかじゃんかじゃんか。おかしてたまらん。お吟はどこにいるのだ。

光圀が身体を揺らしているのをみた助三郎は咄嗟に、「無礼者、そのお方はっ」と叫び、光圀の方に、二、三歩駆け寄った。これを代官は自分に切り掛かってきたのだと誤解、恐怖して、「撃て」と叫んだ。

ぐわん。ぐわんぐわんぐわん。銃が一斉に火を噴いた。全身に銃弾を浴びて助三郎は死んだ。すぐ後ろにいた覚兵衛も当然、撃たれて死んだ。死の瞬間、覚兵衛は、また助三郎の巻き添えかっ。と思った。その通りであった。折り重なって倒れた助三郎と覚兵衛の死骸は土埃にまみれ、ぼろ毛布が積み上げてあるようだった。音楽がひときわ高まった。祭りは最高潮に達していた。全員が尊大寺の境内に集まって、うわわわわっ、と叫び声をあげていた。群集は全員でひとつの生命のようであった。山車のうえの吟はますます生気に輝き、もはや坐っていられない、立ち上がって三味線を山車に叩き付けて破壊し、訳の分からぬ笑みを浮かべて踊った。群集が昂奮して一斉に咆哮した。

獣が咽び泣いているようなものすごい声を聞いて光圀は始めて不安になった。安積覚兵衛、佐々助三郎。股肱と恃む臣下がいちどきに死んだ。矢七も死んだ。八米も死んだ。そう思うと光圀は訳の分からぬ恐怖に襲われ叫んだ。

「田垣とやら」

とやら呼ばわりされた田垣は驚いて光圀を見た。光圀は言った。

「その方、こんなことをしてただで済むと思っておるのか」

「なにいっ。ただで済まぬとはどういうことだ」

「代官の分際で予に縄をうってどうなるか存じておるのかといっておるのだ」

「なにが分際だ。その方こそ町人の分際でなにを申す」

「ばか。予は町人ではない。身は徳川光圀である。無礼であろう、下乗いたせ。うつけ者。予が介錯をしてつかわすゆえこの場で切腹をいたせ。ええい、ここなうろたえ者めがっ」

光圀の声は悲鳴のようであった。

これを聞いた田垣は配下の者に、「これだな」と言うと、自らの頭を指してゆびをくるくる回した。これをみて光圀は我を忘れて激昂した。生まれてから今日までこんな侮辱を受けたことはなかった。というか、みなの尊崇を受けて生きてきたのである。

「予を狂人と申すかっ」

光圀は絶叫、立ち上がると田垣の足に噛み付いた。

「なにをいたすっ」田垣はこれを蹴飛ばし吐き捨てるように言った。

「斬れ」

ざんっ。大刀が一閃、光圀の首がとんだ。

怨みを抱いて斬首された者の首は空中を飛ぶことがあるという。光圀の首は放物線を描いて三尺ばかり飛んだ。しかし凄いのになると庭で切られた首が塀を飛び越えて往来まで達するらしいからこれは大した数字ではない。まあ平均ちょっと下といったところか。

ぼそん。光圀の首は地面に落ちて転がった。

足軽が首を拾って上司に、「いかがいたしましょう」と聞いた。上司は、「とりあえずおまえ持ってろ」と言ってどこかへ走っていった。

足軽は首を持ったまま同僚と廊に行ったときの話をした。

じゃんか。狂騒的なビートはもはや何拍子なのかもわからない大きな音のうねりとなっていた。

燃えあがる群集のエナジー。吟はもはや全裸だった。男たちも下帯ひとつ、他の女たちもみな裸だった。寺僧が塔から山門から撒く水がじきにもうもうたる煙となってたちのぼり光に照らされてうねった。

瞳さんは度胸を据えているのか怖ろしくて気をおかしくしているのか、目を輝かせてにやにや笑っている。どこまで行っても分からぬ女であった。或いは祭りの音曲にのっていたのか。それにしても。

深更にいたって帰宅した田垣の着替えを手伝いながら妻の有希枝はさりげなく聞いた。

「今日の騒動はいったいなんだったの」

「別にどうということないさ。狂人が暴れただけだよ。自分は徳川光圀だなんていうのだもの。まいったよ。従者も気が狂っていた。全員殺した」

「それはお疲れ様。でも……」と言って有希枝は黙った。

「でもなんだい」

「本当の徳川光圀だったらあなたどうするの」

「そんなわけが……」と言って田垣は絶句した。数ヵ月前、尊大寺の法春和尚が徳川光圀が忍びで諸国を漫遊しているらしいという話をしていたのを思い出したのである。

「ちょっと行ってくる」

「あら、こんな夜中にどちらへ」

「代官所」

言い残して自宅を出た田垣は朝になっても帰らなかった。それから田垣の行方は杳として知れない。

田垣は迷妄の淵に迷いこんで戻ってこられなくなったのであろうか。しかし誰が知ろう神の心、誰が知ろう仏の心を。そんなこととは無関係に、誰もがわめき散らしたくなるような貞享三年の四月の夜は更けていき、翌日になるとふざけたような太陽が昇って、箸にも棒にもかからぬ呆れ果てた里山に新緑のどあほうがまた芽吹いてきやがるのだ。なにやってんだまったく。

間食

山田詠美

山田詠美

一九五九年東京都生まれ。作家。八五年「ベッドタイムアイズ」で文藝賞、八七年『ソウル・ミュージック・ラバーズ・オンリー』で直木賞、九一年『トラッシュ』で女流文学賞、九六年『アニマル・ロジック』で泉鏡花文学賞、二〇〇一年『A2Z』で読売文学賞、〇五年『風味絶佳』で谷崎潤一郎賞、一二年『ジェントルマン』で野間文芸賞、一六年「生鮮てるてる坊主」で川端康成文学賞など。他の著書『ファースト クラッシュ』『つみびと』『珠玉の短編』『賢者の愛』など。

死体の作り方なら、小さな頃から知っていたよ、と花は言う。昼寝をしている母親の顔に白い布巾をかけて遊んでいたのだそうだ。もうしない。若い頃の話だと、彼女は続けて笑いをこらえる。若い頃だって、と雄太は思う。まだ、はたちを越したばかりのくせに。白い布をかぶせただけじゃ死なないって解ってからは、無駄な抵抗は、もう止めた。それに、本当に死んじゃったら困るでしょ？　本当に死んでしまったら困る人。彼女の言葉に彼は頷く。それでも、時折、そういう人の死を誰もが願う。本当に死んじゃったら困る人。

雄太は、ベッドに横たわったまま、花を背後から抱き締める。小さくて柔らかい塊。縫いぐるみを抱いて寝る女の子の気持が良く解る。腕の中にいれるために存在するもの。頬をこすり付けて、自分の匂いを移すためにあるもの。噛んだり、羽交い締めにしたり、つねったり。可愛がりたい気持が行き過ぎて、ついそんな行動に出てしまいたくなる対象。

花の体は、あちこちに脂肪が付いていて良くはずむ。おやつを欠かすことなく食べて来た体だ。それも、きちんと親の手で作られた甘い菓子。グローブのような鍋つかみをはめた母親の手がオーヴンを開ける、そういう経過を辿った末の間食。

眠くなったと言って、花は目を閉じ、すぐに寝息を立て始める。見ると、半開きになった彼女の唇からは、もう唾液がこぼれている。指で拭ってやると、きゅんとすぼまる。ゆでた小海老のようだと、雄太は思う。おもしろくなって、いつまでもいじる。唇は条件反射のように指に吸い付き、音を立て、それを耳にすると、部屋に満ちて来た幸福の水位は上がる。しばらくの間、彼は、そこにたゆたう。自分の体の内から、何か温いものが絶えず湧いて、流れ出て行くのが解る。彼女に注いでも注いでも飽くことのないもの。部屋は安らかに満たされて行き、その完璧さを確信した時、彼は、帰り支度をして外に出る。

明日こそ学校に行かなきゃ、と花は言っていた。彼女の口から学校という言葉を聞くと、雄太には、まるで、それが彼女の通う大学などではなく、小さな子供たちが通う場所のように思われる。幼稚園でも、小学校でもない、小さな心もとない者たちが集うところ。彼の目の届かない口惜しい囲いの中。学校か。彼は、ひとりごちる。自分は、そう呼ばれるものを、手なずけることがなかった。二十六にもなって、学ぶべきことを学んで来なかった。そう言われたことがあった。でも、学ぶべきこと、なんて、本当に必要なんだろうか。ただ感じるだけじゃあ、いったい、なんだって駄目なんだろう。すべては、口伝え程度で事足りる。花の部屋にだって、携帯電話を手にしたまま辿り着けた。そして、道筋を間違えることは二度とない。彼女を初めて抱いた時だって、なんなくこなした。背中に欲望分の重しが載せられ、倒れ掛かった。それで充分だった。女の子の抱き方なんて、学んだこともない。丸々として、つやつやと光るものを見たら、誰だって齧《かじ》り付きたくなるだろう。雄太はそうなる。そして、花に、そうなった。

雄太は、肉付きの良い花を、いつもからかっていた。だって、本当に仔豚みたいなのだ。雑貨屋の店先で、ピンクの豚の置き物を見つけたりすると、買って行って、おまえ売ってたよ、と得意気に言う。彼女は、少しの間、拗《す》ねて口もきかないが、やがて笑い出して、彼に突進して来る。ぶつかるその体は、案外軽くて、彼はびくともせずに受け止めて、彼女を床に押し倒す。誰に教えられた訳でもないのに、そこで服を脱がせて良い気分にしてやることを、彼は知っている。とんかつ屋の前を通り過ぎる時、その看板に豚の絵があれば、隣にいる彼女に言う。親近感持たねえ？　とかなんとか。彼女は頰を膨らませて不貞腐れる振りをする。彼は、待ってましたとばかりに、その頰を手ではさんでつぶす。そして、そのまま口づける。決して怒っていたのではないことが、背中に当てられた彼女の手で、それがTシャツをつかむのを感じることで。解ってしまう。

ねえねえ、今月号は、あたしの大特集だよ、と花が言って、雑誌を差し出したので、こんなにもちびで丸い女がモデルなど出来るのかと見ると、それは料理雑誌だった。表紙には、こんがりと焼けた骨付きイベリコ豚のローストが載っていて、特集のタイトルは「一級品のブタ」。自分から、そんなことを言っては駄目だと雄太は言った。言っているそばから、何やらやるせない気持になり、不思議なことにこみ上げるものがある。無理に笑いながら雑誌をめくる彼の背後から、おぶさるような格好で、彼女は抱き付いたままだ。長い髪のすじが彼の肩を流れ、キャンディを含んだ彼女の口許から息が洩れて首筋をくすぐる。雑誌には、芳しい匂いがそのまま立ちのぼるような料理の写真が載っている。途端に彼は空腹を覚える。二人で行った海で灼けたままの彼女の腕が、首をしっとりと締め付けて、それらは視界に入る。彼は、肉の中で豚が一番好きだ。特に、脂身がうまい。

足場が上がるたびに、どんどん空を好いてく気がする。昼食の弁当を頬張りながら呟く雄太を、鳶《とび》職仲間の寺内が興味深げに見て、言った。

「空を愛でる、なんて、きみ、詩的だね」

今度は、雄太が寺内を怪訝な顔で覗き込む。前から思っていたが、変な奴だと雄太は思不気味な気さえする。彼は、人のことをきみと呼ぶ人間を寺内以外には誰も知らない。

町場の鳶から独立した中学時代の先輩の中川が、小さな建設会社を設立したのは三年前のことだ。赤帽のアルバイトを辞めてぶらぶらしていた雄太が、久し振りに会った中川に拾われた形で、中川とび建設会社に入ってから一年が過ぎた。雄太よりも、三ヵ月程早くそこで働き始めた寺内を紹介した後、中川は言った。

「飲み込みも早いし、性格も良いんだけど変人でさ、浮いてんだよね」

本人を前にしてそれはないだろうと、雄太が見ると、寺内は、ただ微笑んでいる。こいつは頭のぬくい奴なのか、とその時は思った。けれども、一緒に時間を過ごす内に、そうでもないことが解って来た。仕事仲間は寺内を敬遠していたが、雄太は何かにつけ彼に近寄った。興味があったという訳ではない。芝居や音楽をやるための生活費稼ぎと割り切って働いている連中は、見ているだけで鼻持ちならない気がしたし、まだ二十代の社長にいいように使われている四十のおやじは情けなさが漂っていて口をきく気がしなかった。悪いのが勲章とばかりに、いきがっている連中の仲間に入って行くには、自分は、もう年を取り過ぎていると感じた。筋金入りの鳶は、彼のことなど相手にしなかった。ちょっと、寂しいじゃん、おれ。認めたくはなかったが、彼は、ひとりで心もとないのだった。そう感じる時に決まって、寺内の姿が目に入る。

寺内は、いつもひとりでいた。雄太とは違い、彼自身がそうすることを選んでいるようだった。午前十時の休憩時間にも人の輪を離れて現場の片隅で文庫本を読んでいた。昼食もひとりで取りに行っているようだった。そして戻って来ると、作業が始まるまでの短い時間に、また本を広げた。あるいは、ぼんやりと考えごとをしていた。そして、午後五時になると、皆に挨拶をして、すみやかに立ち去る。その挨拶があまりにも礼儀正しいので、皆、一瞬ぎょっとする。けれども、彼が、あまりにも人懐っこい笑顔を浮かべるので、全員がつい同じように挨拶を返してしまうのだった。そして彼の姿が見えなくなるのを確認して、誰かが口を開く。

「変な野郎だな」

「いつもにこにこ、気味わりい」

「けど仕事は出来るよ。ラチェットの使い方なんか、プロだし」

「あれ程、七分の似合わねえ奴もいねえけどな」

「何もんなんだ、あいつ」

何もんなんだ。ある日、雄太は、その質問を寺内にぶつけてみた。昼休みが始まろうとする時刻だった。

「ぼくは、何者でもないよ」

寺内は、いつものような穏やかな笑顔を雄太に向けて答えた。

「なんでトビなんかなったのよ」

「この仕事が好きだからだよ」

そう素直に答えられても困る、と雄太は思った。後が続かないではないか。言葉に詰まった彼に、今度は、寺内が尋ねた。

「どうして、そんなことを聞くの？　ぼく、そんなに、この仕事似合わないかな？」

「うん。全然」

「そうかな。でも、きみも似合ってないみたいだけど」

言い当てられたような気がした。実は自分は高い所が苦手である。この仕事に就いてから、それに初めて気付いた。困った、と思った。高い所に行けなきゃ金になんない。それよりも、中川に知られたら首になるかもしれない。インストラクターを誤魔化すことは出来たのだが。

「昼飯、一緒に食わねえ？　いつも、どこ行ってんの？」

「行きつけのお蕎麦屋で良かったら」

品の良い蕎麦屋だった。丼物がないので、当然中川の人間はいなかった。

「うまいけど、高くねえ？　量も少ないし」

「大丈夫だよ」

蕎麦を半分も食べた頃、頼んでもいないかやく飯が大きな茶碗によそわれて登場した。寺内は、いつもすいません、と丁寧に礼を言い、当然のように茶碗を受け取った。雄太は、声をひそめて尋ねた。

「これ、何？」

「かやく御飯じゃないか」

「そりゃ解るよ。なんで、頼んでもいないのに出て来んの？」

「おかみさんが気をつかってくれてるんだよ。こんな格好してるから、肉体労働者で、すごい空腹だって解るんだよ。ありがたいことだね」

「知り合い？　親戚のおばちゃんか何か？」

「え？　ぼくは、ただの客だよ」

やはり、変な奴だ、と雄太は、まじまじと寺内を見た。何故、こんなにも疑いなく親切を親切として受け入れることが出来るのか。視線に気付いた寺内は、自分のかやく飯を半分、雄太の茶碗に移した。

「これなら、きみも大丈夫なんじゃない？」

「その、きみっての止めてくれねえかな」

「え？　じゃあ、どう呼んで欲しいの？」

「雄太でいいよ」

「それじゃあ、まるで特別に親しいみたいじゃないか。いくら御飯を分けてあげたからって」

寺内は、苦笑を浮かべて言った。

「でも、御飯半膳ぶんだけ、きみのことを名前で呼んでもいいよ」

意味が解らない。解らないまま一年がたった。そして雄太は、こんなつき合いもまたあり、とすっかり寺内と親しい気になっている。


家に帰ると雄太の予想通り、加代はもう夕食の支度をして待っている。不動産屋の事務の仕事が終わるやいなや、夕食の買い物をする以外、どこにも立ち寄らずにここに戻って来るのだろう。そして雄太の好物を作る。丁寧に出汁を取り、灰汁《あく》をすくい、野菜の面取りをする。地味ながら手間をかけた献立。彼は、この部屋で、ひげ根の付いたままのもやしを食べたことがない。そのことを当然のように受け入れている。けれど、定食屋の野菜炒めに入っている雑に処理したもやしも、当然のように咀嚼する。花のところではどうかと言えば、彼女は料理を作らない。

十五も年上の加代とどういうきっかけで暮らし始めたのかと良く聞かれるけれども、雄太は明確に答えることができない。部屋を捜すために不動産屋を回った。金のない彼には、彼女の部屋が、一番、得な物件だったということ。それを言うと友達は笑う。ひでえ奴。自分でもそうかなと思う。けれど、彼女を利用しようなんて気持は、はなからなかった。面倒を見てもらおうなどとは考えたこともなかった。ただ、自分は彼女と暮らすべきなのだと感じただけだ。一緒に住もうと言われてその気になった。大切にしてあげる。そう言われた。嬉しかった。彼女が嬉しがらせたいのは彼女自身だったのだと気付いたのは、ずい分、後のことだ。

食事がすむと、加代は西瓜を切った。彼女は食後に、いつも雄太の好きな果物を用意する。それは、季節の移り変わるのを感じさせ、彼は、子供の頃に思いを馳せる。夏休みの西瓜。庭に吐き出した種。プール帰りで体はだるい。まだ終わらないのかと疎ましく感じる長い休み。横になると、畳はひんやりと彼の体を受け入れる。途端に眠気はやって来て、心地良さに目を閉じる。安心する。全身が落ち着いて行くのが解る。心配事など何もなくなる。横たわると、しばし地球に愛される。ちっちゃな時、地球と畳の区別がつかなかった。それでは今、その違いが解るのか。体の一番下が触れる場所は、やはり地球だろうと、そう思う。触れる面積の大きさにより、地球の広さも変わり、寝そべると、体の下では、これ以上望むべくもないたっぷりとした安息が、彼を待ち受ける。

西瓜は赤い。赤いだけだ。加代が雄太にそれを差し出す時、種はもう取り除かれている。食べやすい。面倒がなくていい、と思うものの、果肉の中に、取りそこねた黒い種を見つけると何故か楽しくなる。彼女と暮らし始めてから、自分は不思議な事柄をおもしろがっていると思う。洗濯してたたまれる前のシャツの袖に腕を通した感触やら、風呂の湯に浮かんだ髪の毛などに笑いを誘われる。いつのまにか欠けたカップの縁。インクの出なくなったボールペン。彼は、そのことを言わない。言ったら、カップは捨てられてしまうだろうし、ボールペンは、すぐに補充される。彼が不便を感じるものは、すべて消えて行く。それがどうして嫌なのかは解らない。あ、大変。彼女は、そう言って、すみやかに対処する。はなをかんだティッシュペーパーを、彼はごみ箱に捨てたことがない。自分がするまでもなく、彼女が捨ててくれるからだ。気のつく女。自分のためならなんでもする。西瓜を齧ると赤い汁がたれる。でも、彼は、もう自分で拭う必要がない。甲虫やくわがたを呼び寄せようと食べ終えた皮を庭の隅に置きに行った自分が、昔、いた。どのくらい昔だったかも、もう解らない。皮は、彼女が捨てる。猩猩蠅《しょうじょうばえ》が湧く暇もない。

加代は雄太を隅から隅までいつくしむ。彼に何の不自由もないように、いつも心を砕いている。食べること。眠ること。セックスをすること。それらはもちろん、そこの隙間も細々とした世話で埋めて行く。体の領分だけでなく感情の取り扱いも怠らない。仕事やら友達づき合いが原因で、腹を立てて彼が戻る。すると、彼女は彼を抱き締めて言う。あなたは悪くない。本当にひどい人たちね。彼は落ち着いて、その胸に顔を埋める。好きな匂いがする。それを嗅いで、味方は、この人だけだと彼は思う。自分は、いつだって悪くないんだ。ひどいのはあいつらだ。だって、加代が、そう言うんだから。怒りが消えて気恥しくなると冷たい態度を取ってしまう、そのことが予測出来ているのに、今は、ただ甘えた子供に成り下がろうと思う。

寝床の中で、二人は色々なことをする。加代が教えた。そして、雄太は教えられる程の体を持っていた。抱かれることに熟知すると抱き方も解る。何も学ばない訳じゃない、と彼は思う。彼女だけは、とても自然に学ばせてくれる。荒々しく丁寧。素っ気なく執拗。相反する行為の中からしか快楽は生まれないという、そのことを。痛みと心地良さは似ている。似ているけれど、違う。表情を作っているのがどちらなのだろうと目をこらすと、ふと、死んでいるのも眠っているのも同じだなあなどと思う。見分けるのは難しい。でも、すぐさまそれが出来るような目利きになりたいものだと、彼は、ぼんやりと夢を見る。絶対に離れて行っちゃ駄目なんだから、と彼女は言う。あなたは、私がいないと駄目なんだから。そうかもしれない。この女だけは、どんなことがあっても、自分を守ってくれる。なんの損得もなく、自分を庇ってくれる。可愛いと思ってくれる。許してくれる。頭の中にそういう言葉が押し寄せる時、彼は射精して、いつのまにか精液は、西瓜の汁のように拭われている。

それは、高所恐怖症なんかじゃないと思うよ、と寺内は言った。ひょっとして、きみ、高い所が苦手なの？　と尋ねられたから、実はそうだと正直に答えた。雄太は高い足場から地面を見降ろす時、あそこに戻りたいと強烈に思う。今ならまだ間に合うんじゃないか。その自身への問いかけが猶予を許し、ぐずぐずしていると親方と呼ばれる熟練者の怒声が飛ぶ。ようやく覚悟を決める。ポケットの中のスケールを握り締めて上を向く。ヘルメットの重みは、彼をのけぞらせ、広がる空を見せつける。すると、突然、恐さが消える。ホルダーに付いた釘袋が音を立てて彼をせかす。解っている、と彼は思う。早く行って可愛がってやるから。すると、漠然と彼を取り巻いていた空気は、はっきりとした感触を携えて皮膚に触れて来る。よしよしと汗を流して応える。この時、彼は感じる。寺内の言葉を借りるなら、今、自分は確かに空を愛でている。

「それなのに、一番上の足場まで行き着くと降りたくてたまらなくなる。早いとこ降りなきゃやばいんじゃないかって思うんだよな。冷汗だよ、そうなると。降りて落ち着きたーいって、それぱっか」

「降りたいって、思うんでしょ。だったら大丈夫だよ」

そして、寺内は続けたのだ。高所恐怖症なんかじゃないと思うよ、と。

「高所恐怖症って、上にも下にも行けなくなっちゃうんじゃないの？　どっちかに行きたいって気持も消えちゃうんだと思うよ。ただ足をすくませてそこにいるだけ」

「穴掘って基礎作ってる時は、早く材料組んで上行きてえって思うし、仮設まで行く頃には、下に戻って落ち着きたくてたまんなくなるし、そこにいるだけでいいって思えない。要するに、おれって、中途半端がやなのかな？　落ちるのも恐いし、下でしょぼくれてるのも嫌だ」

「落ちるのが恐い人は落ちないよ。それに、下で退屈する人は、必ず登れる」

雄太は、寺内のこういう言葉を聞くたびに、自分の世界とは違うところにいる人間のことを思う。その数は予想する以上に多くて、けれども、自分や友人と関わり合うことは滅多にない。この現場が接点になったのは、奇跡のようなものなんじゃないかと思う。寺内は、変人扱いされているけれども、物怖じしないし、人当りも良い。自分が周囲にどう思われているかなど、一向に意に介さないというように行動している。言われた仕事はひとつひとつ確実にこなし、そつがない。自分のように余計なことを考えたりしないのだろう。馬鹿みたいだと思う朝のラジオ体操も、まるで夏休みの子供みたいに真面目にやっている。

「おまえ、上に行く時、最初っから恐くなかったの？」

雄太の問いに寺内は下を向いて笑った。

「全然恐くなんかなかったよ」

「すげえな。こういう仕事初めてなんだろ？」

「うん、まあね。でも、ぼくみたいに恐がんない人間は、いつか落っこちてしまうかもしれないね」

「よせよ、そんなこと言うの。安全帯付けてるから平気だって」

「うっとうしいんだよね、あれ」

なんとなくぞっとした。暴れる人間は山程見て来た。でも、どうということもなかった。雄太は、そういう奴らを相手に喧嘩をして来たから良く解る。本当に恐いのは暴れない奴だ。その恐さは、見たこともない幽霊の話に背筋を震わせる、そういう類のものだ。

触れない人間は恐い。それが外側であっても、内側であっても。そう感じながらも、寺内と話していると心が鎮まる。自分のいる場所が世界の中心。寺内は、そんなふうに振る舞う。落ち着き場所を捜して、いつもとまどっている自分とは大違いだ。他人の思惑など関係ないという様子で、本を開く。飯を食う。話しかける雄太には応える。そのくせ、ひとつの自己主張もない。あらかじめそんなものを捨てているかのように、しんとしてそこにいる。現場の粗野な人間たちの間だからこそ、変人として目立っているが、そうでない所では、誰の目にも映らないまま存在するのではないか。まるで自分を消す術を習得したかのように。

ある時、新しく現場に来た暴走族上がりの若者が、寺内に絡んだ。自分を見て馬鹿にしたように笑ったと言うのだ。寺内の体を押して、そいつは凄んだ。殺されてえのか。すると尻餅をついたまま、寺内は言った。

「殺したいんですか?」

若者は不意をつかれたかのように、言葉を詰まらせた。

「もしそうなら、どうぞ」

見物人たちから笑いが洩れた。中川が、会社のワゴン車の中から、いい加減にしろと怒鳴った。若者は、不貞腐れたように寺内の下半身を二、三度蹴って捨て台詞を吐き、その場を立ち去った。寺内は、何事もなかったかのように立ち上がり、七分に付いた足跡を手で払った。雄太は近寄って、大丈夫かと尋ねた。寺内は頷き、何がおかしいのか、くすくすと笑い続けていた。

「ああいう人たちって、死ぬとか殺すとかって言葉を、まるでスナック菓子みたいに使うね。安くていいや」

「マジで言ってる訳じゃねえんだから」

解ってる、というように片手をひらひらさせて歩き出した寺内の後ろ姿を、雄太は、ぼんやりと見詰めた。紺色の足袋が、何故か不吉に目に映る。後に付いて歩いて行くと、寺内は、あ、そう言えば、と振り返って雄太に尋ねた。

「きみは、人を殺したいと思ったことある？」

唐突な質問に面食らい、雄太は口ごもった。

「なんだ、それ」

「ぼくは、いつもそう思ってるから」

「……誰を？」

「世界じゅう全部の人」

雄太は吹き出した。

「有り得ねえ！　戦争でも起すのか……って言うか、おれにも死んで欲しいってんじゃねえだろうな」

寺内は、うーんと考え込むような仕草をした。おい、待てよ。雄太は、呆気《あっけ》に取られる。

「雄太は、ちょっと嫌かな。でも、世界じゅうの人を殺すのなんて、案外簡単なんだよ」

「こえーこと言うなよ」

「雄太は恐いものがいっぱいあるんだね。ぼくにも沢山あるんだけど、きみとは全然違うものみたいだ」

それ、なんだよ、教えろよ。雄太は、気味の悪い奴と思いながらも、寺内から目を離せない。いっぱいある恐いもの。なんだろう。彼は自問する。高い所。お化け。痛いこと。実は、爬虫類。でも、日々の流れが中断されることが一番恐い。だからと言って、どうすることも出来ない。行ったり戻ったり、上がったり降りたりをくり返すだけ。ちょうど、この仕事みたいに。その中間地点で出会ったおかしな男は、自分を立ち止まらせている。こんな会話、交わしたことない。役に立たない。それなのに、気を引かれて、後、追いかけている。

「空も地面も好きだなんて、きみは八方美人だねえ」

寺内は、空を見上げてのんびりとそう言う。馬鹿じゃねえか、こいつ。

雄太は、風呂場で花の髪を洗ってやるのが好きだ。彼女の髪は細く長くてシャンプーは良く泡立つ。爪を立てないように地肌を洗っていると、いつのまにか集中する。ついでに体も隅々まで洗ってやる。一心不乱に花を磨いているのは楽しい。出来るなら汚れたままで限界まで放って置いて、みすぼらしい姿になるまで待ちたい。きっと彼女は、捨てられた猫のように彼を見るだろう。そうしてから、彼は、おもむろに洗う。丹念に洗う。いつのまにか、自分がいったい何を洗っているのか解らなくなる。洗い上げて、さっぱりとした彼女が見たいのか抱きたいのかと言えば、そうでもない気がする。自分は、ただ洗ってやれるものが欲しいのだ。そして満足気な声を聞きたい。きゅう、でも、にゃー、でも、気持いい、でも。それを耳にしたら、今度は彼が言う。よしよし、良い子だ。

花は、可愛がられることに慣れている。父親は、進学のために東京に出て来た彼女を心配して、毎日電話をかけて来ると言う。もう、しつこくて嫌になっちゃうと、さして嫌でもない表情で雄太に訴える。ひとり暮らしが実現して、ほんと嬉しい、田舎にいる時は息が詰まりそうだったんだから。ママはママで、しょっ中宅急便を送って来るんだよ、あ、このメロンもそう。夕張メロンは熟れていて、スプーンですくって口許に持って行ってやると、するりと唇の中に滑り込む。同じスプーンで彼も食べる。ふと思いついて、そのまま彼女に口づけると、当り前のように彼の口の中のメロンを啜り込むから、舌の上には甘味だけが残って頼りない。あたしの友達に、瓜アレルギーの子がいる、と彼女は言った。メロンも西瓜も胡瓜も駄目なの、窒息しそうになるんだよ、こんなにおいしいのにね。へえ、と雄太は思う。ここまでかぐわしい甘い塊で喉を詰まらせて死んだら、どんなに幸せなことだろう。

本当のことを言うと東京に出て来たばかりの頃は心細かったから、雄太に会えてラッキーだったと花は彼の胸に鼻をこすり付けた。右も左も解らない彼女の手を引いて、彼はあちこち歩いたものだ。まるで修学旅行の引率みたいだと、彼は苦笑した。そう言えば、自分は修学旅行になんて行かなかった。わざと病欠の届けを出して積み立て貯金で遊び歩いた。あの自分が、もう人を引率出来る程に大人になった。少し誇らしい気持で渋谷を歩いていると、彼女は、わーいここが渋谷なんだあ、とうとう来たぞなどと無邪気に喜んでいる。ひとりで来ちゃ絶対駄目だよ、すごく危ないんだから。そう忠告すると、どうしてどうして、全然平気だよ、と口をとがらせる。やばい奴らがいっぱいいるんだから、と言い聞かせていると、顔馴染みの男が向こうから歩いて来たので隠れた。実は、自分が一番やばい奴だったなんて知れたら、彼女は恐がるだろう。まあ、昔の話だけれど。

学校にも慣れて友達も出来始めてからずっと、花に対する心配の種は尽きない。親の金で遊んでいる大学生の男なんてろくなもんじゃないだろうから、目を光らせてなきゃなんない、と思うと、どうしても厳しくなる。いい子たちだよお、と彼女は不平を言うけれども、この子にまだ見る目なんてありっこないと雄太は気を引き締める。コンパの日なんて気もそぞろだ。何度も彼女に電話を入れているのに、携帯電話に電波は届かず、それでもかけ続けているので、加代に不審がられてしまい、おかしいなあ、中川さん電話してくれって言ってたのに、と言い訳をする破目になる。いったい、どうしたんだ！　ほとんど捜索願いを出したい気分になる頃に、ようやく電話が入って、今帰って来たとこ、会いたいよう早く来て、なんて酔っ払った声で言う。まったくひどいことだ、と思い、彼はお仕置きのために家を出る。こんな遅くに出掛けるなんて、仕様がない不良ね、と諦めたような加代の言葉が追いかけて来る。不良？　いつの言葉だ。

うちの彼氏トビなんだあって言ったら、皆、格好いいじゃんだって。自分のこと、うちなんて言うなよ、とたしなめるが悪い気はしない。職人と言われる程の仕事はしていないけれど、毎日真面目にお勤めしている。ねえ、今度、この部屋にも足場っていうの？　それ組んでよ、と花は変な提案をする。何のためにと尋ねると、物を置くの、パイプで組んだ棚なんてセンスあると思わない？　雄太は、かっとなり、思わず彼女を殴ってしまう。一度手を上げたら止まらなくなり、二度、三度と続けてしまう。ごめんなさいごめんなさい、と彼女は頭を抱えてうずくまったので、可哀相になり、今度は抱き締めてやる。そういうことを言っちゃ駄目だ、と頭を撫でてやると、うんうんと何度も頷いている。涙でぐしょぐしょになった花は、いつ見ても可愛い。

一年もすると、友達との夜遊びにも飽きたと見えて、花はすっかり大人しくなり、二人の時間は、ますます濃度を増して来た。厳しくしつけた甲斐があったものだと、雄太は、満足せずにはいられない。もちろん厳しいだけじゃない。叱った後には優しく慰めて抱いてあげるのが信条だ。花にしかしないんだよ、こんなこと、と啜り泣く彼女に囁いてやると、ほんと？　雄太は、ほんとにあたしを愛してるんだね、と今度は、泣きながら笑う。悲し涙が嬉し涙に変わるのを見届ける程、冥利に尽きるものがあるもんか、と彼は、自分の方こそ泣きたくなる。この手の中のもの、離したくない。さっきも殴っちゃったね、痛い？　と聞きながら痣《あざ》を撫でると、声をあげる。それは、シャンプーの心地良さに洩れる声と似ていてあどけない。まだまだ子供だ。瓜アレルギーじゃなかったのは残念だ。もしもそうだったら、甘いメロンを喉に詰め込んで、いっそ殺してしまいたい。溢れちゃいそうな気がする。そんなことを腕の中で呟くものだから、何が？　と雄太は尋ねた。あたしに注いでくれる雄太の愛情のことだよ。嫌なの？　と不安になってうかがうと、全然嫌じゃない、とうっとりして答えたから安心した。もっともっと、と言うので、解った、もっともっとだね、と引き受けた。この余裕。自分が偉い人間になった気がして仕方ない。欲しくてたまらなかったものにようやく手は届いた。好きだ。

　それなのに、こんな事態になろうとは。どうして、子供が出来たから生むつもりだなんて言い出すのか、と雄太は混乱している。絶対に生む！　と意地を張るので殴ったら、頬を押さえたまま、花は泣かずに彼をにらんでこう言った。雄太の子供だよ、可愛がりたいじゃん。可愛がりたくて可愛がりたくて仕方がないんだよ。そんなこと言って、おまえの親が許さないだろうと呆れ果ててると、パパはあたしの言うことなんでも聞いてくれるもん、とふくれて横を向く。あたしがかけられた愛情、ぜーんぶこの子に与えてあげたい。彼の思考は停止してしまって、もう、どうして良いのか解らない。殴って言うことを聞かせる意味なんて、失くなってしまったような気がする。そんな彼の気も知らないで、雄太とあたしの子、可愛いだろうな、わーい、だって。鼻の穴を膨らませて喜んでいる。やっぱり仔豚みたいだ。こんな顔見ちゃって、もう豚肉なんて、食いたくもない。

暴走族上がりの男の名は阿部といった。寺内といつも行動を共にしているせいか、雄太を敵視しているように見えた彼だったが、やがて、へりくだった態度で接して来るようになった。雄太が暴走族時代のリーダーの先輩だと知ったと彼は言う。雄太の育って来た世界には、先輩後輩に重要な意味を見出す人々が多いのだ。尊重したい、されたい。その思いが、そこでしかまっとう出来なかったからなのか。上下関係は、いつのまにか、自分自身で認めたという自負にすり替わる。阿部のリーダーとか呼ばれる奴は、おまえなんか十六号線だけで走ってろと、渋谷で叩きのめして以来会ったことなどないのだが。ただの幼な馴染みという印象だけしか残っていない。

それなのに、阿部は機嫌を取ろうとして雄太に話しかけるものだから、寺内にも近寄らざるを得ない。寺内は、いつもの調子で屈託なくそこにいるので、阿部は、子供じみた悪意を表わすのも馬鹿馬鹿しくなったらしく、いつのまにか友人のように振る舞い始めた。

「あの人は、どうして、ぼくたちの所に来るようになったのかなあ」

寺内は、軽口を叩いて立ち去る阿部を見て言った。

「あいつの恐がってる奴が、おれを恐がってるから」

「へえ」寺内は新しい発見をしたかのように、目を見開いた。

「恐怖の連鎖なんだね」

へえ、と今度は、雄太が感心する。そういうことなのか。

「おまえ、おもしろいこと言うな」

「だって、そうじゃないか。人とのつながりって、何か共通のもので、どんどん続いて行くでしょ？　食物連鎖って知ってるでしょ？　それみたいな気がするんだよね。でも、人間は、おやつ食べるから動物とは違うかも」

「おやつ？」

「うん。腹の足しにならないもの。おやつはいいよね。雄太は、何が好き？」

「ガリガリ君」

「それ、どういう人？」

アイスキャンディだよ、馬鹿。寺内といると本当に調子が狂う。でも、恐がりの連鎖って言葉は初耳で愉快だ。寺内が何を好きなのかは知っている。午前十時の休憩時間に、珍しく寄って来て、置いてあった饅頭《まんじゅう》に手を出した。差し入れてくれた土建組合の仲本さんが、現金だねえと笑った。本当かどうか知らないが、日本一高い饅頭なのだそうだ。花園万頭はおいしいですよね、と寺内は、ゆっくりと味わって目を細めていた。あんこが、よっぽど好きなんだな、と雄太は、彼のうっとりとした表情を見て思ったものだ。

阿部も寺内のその様子を目にとめていたのか、時折、休憩時間にコンビニエンスストアの大福などを買って来て、彼に渡していた。

「ま、これからもよろしくってことで」

寺内は、愛想良くそれらを受け取っていたが、昼食に向かう道すがら捨てていた。雄太が咎《とが》めると、彼は肩をすくめて言った。

「強制されるとおやつって食べたくなくなっちゃうんだよね」

「ひでえ。一応気持じゃん。あいつ、おまえに何かと仕事中面倒見てもらってるし」

「甘くっておいしいものって不意打ちじゃなきゃありがたくないよ。それに、ぼくは、面倒見てるつもりなんてないよ。足手まといだから教えてるだけ」

不意打ちの甘いものは確かにありがたいけれど、と雄太は思う。決まった時間にそれが用意されているのは悪くない。自分に対してそうしてくれる人を小さな頃は待ち望んでいた。

ふと加代のことを思い出したので、寺内に話してみた。面倒見の良いずいぶん分と年上の女。その女に世話になっている自分。陳腐な話だと思いながらも、話し始めたら止まらなくなり、花との関係も打ち明けてしまった。口にしてみると、いかにもありきたりな男女の三角関係に自分がいるような気がして、雄太は、後悔した。

ところが、寺内は真剣に耳を傾けていた。こんな話に親身になってくれているのかと、雄太は、ばつが悪いような気分だった。

「まあ、聞き流しといてよ」

「え？　おもしろいじゃないか、その話。で、加代さんて人は、誰に可愛がられてるの？」

雄太は絶句した。そんなこと、考えたこともなかった。て、言うより、いないだろ、誰かなんて。

「そう？　でも、前にはいた筈だよ、加代さんをうんと可愛がっていた人。きっと、どこかで断ち切られてしまったんだろう。溜《たま》ってたんだなあ、たぶん。雄太に会ったのは運命だったのかもしれないよ」

「運命!?　うえーっ、おれそういうの解んねえ。こっぱずかしくねえ？　そういう言葉使うの。それに溜ってたってさあ、男じゃないんだから」

寺内は笑った。

「きみも溜ってたから、花ちゃんって人に行っちゃったんでしょ？」

それは違う、と雄太は言いたかった。友達に話すと、若い女の方が体がいいからだろうなどとしたり顔をする。でも、体に魅かれていると言えば、それは加代の方なのだ。馴染んで確実に快楽をもたらしてくれる彼女と寝る方が、はるかに楽しくていやらしい。それに比べると花の方はつたなくて、あまり欲情しない。それなのに、心からいとおしい。仕事で付いた上半身の筋肉が好き、と花は言う。何か強い人になった気がして彼女を抱き締める。加代が好きだと頬ずりするのは、だらしないまま股間にぶら下がったものだ。すぐに大きくしてあげる、と彼女は言う。またかよ、と思いながら身をまかせる。うんざりする。けれど、一番、自分はこの時、解放されているのだ。

上手く言葉に出来ないまま説明すると、寺内は呆れた。

「きみって、すぐに体のことに結び付けるんだね」

「あ、むかつく。今、おれのこと馬鹿にした？」

「してないよ。きみが羨しいよ。だって、ぼくも、溜ってるんだから」

それにしては清々しい顔をしている、と雄太は訝《いぶか》しんだ。女と寝ている、寝ていないで判断する自分もどうかと思ったが。

「おまえ、女いないの？」

寺内は、珍しく顔を赤らめた。雄太は嬉しくなった。こいつも普通の男じゃないか。

「あ、いるんだろう。どこの誰だよ、言えよ。どんな女なんだよ」

雄太が小突くのをかわそうとしながら、寺内は照れ臭そうに言った。

「字の綺麗な人だよ」

もういい加減にしてくれ、沢山だ、と言ったことは何度もある。そのたびに加代は、困ったように溜息をつき、我儘ねえと言う。出て行く、と立ち上がると、気を付けてね、と上着を渡す。引ったくるようにそれを奪うと笑う。どうせ帰って来るくせに、と思っているのが解る。悔しいけれど、彼女は正しい。家を出て、新しい女の許に行く。途端に解放された気分になる。楽しい。そして、その楽しさを使い果たして、加代の待つ部屋に戻る。そこには、疲れ切った彼の体の分だけ、いつでも空けられたベッドがある。滑り込むと彼の胸に手は置かれる。まるで、何かを手当てするかのような加代の手。さすられ撫でられ、彼は失くして来たものを補充する。その瞬間に予感する。このことは一生続いて行くのかもしれない。誰も私の代わりになんてなれないのよ。耳許で囁かれると泣きたいような心細さが押し寄せて来て、彼女に向き合うように寝返りを打つ。ベッドからはみ出してしまいそうに大きい自分の体をなるべくなるべく小さく縮めて、彼は思う。今まで、誰も自分をこんな気持にさせやしなかった。まるで子供をやり直しているみたいだ。ばかやろう、加代なんか大嫌いだ。殺してやる。口に出すと彼女は静かに言い返す。そんなことをしたらあなたが困っちゃうのよ、だから私は絶対に殺されないの。この女、のうのうとしている、と思う。他の女たちとは、まったく違う形で自分を信じているのだ。

加代の他にいつも女がいる。どの女にもすぐに飽きたが、花の場合は長かった。あんなにも執着したのが嘘のように、今は、まったく関心を失っている。携帯電話の番号を変えてそれっきり。元々、共通の知人もいなかった。後始末は、パパとやらがやってくれるんだろう。避妊？　考えたこともなかった。コンドームなんて、やばい女相手の時に使うもんだと思ってた。女なんてすぐに見つかる。けれども、加代以外の女を選ぶ雄太の基準はややこしい。溜ったものを吐き出す受け皿に穴が開いていてはならないのだから。

可愛い赤ちゃんねえ。通りすがりの母子を見て加代が感嘆したように言うものだから、おまえ欲しいと思ってねえの、と恐る恐る尋ねてみた。いらないわよお、と即座に返事があったので胸を撫で下ろしたものの、帰りに薬局かコンビニに寄ってみようと決意する。大丈夫よ、年齢的に無理だと思う、と便利なことを口にするので、また彼女を好きになる。良かった。給料前で全然金ないし、と打ち明けてみる。正直な人ね。嬉しそうに雄太に寄り掛かり続ける。正直な人は憎めない。いつまでもそのままでいて、なんて、いいのかこのままで。信じられない、幸せだ。

この部屋のドアは、解放の出口と入口。外に出る時、入る時、いずれにせよ、体のこわばりはとけて、雄太の体を軽くする。世界は明らかに、そのドア一枚で区切られている。

内側には加代の体があり、彼は、その上で眠る。腕の筋肉を酷使する必要もない。それがなまったと感じたら、外に出ればいい。花を抱く時には、その体をつぶさないように腕で空間を作るのに努力した。鍛え過ぎて疲れたから、少しの間休まなくっちゃと見えない畳に横たわる。

　たまには彼氏らしいことでもしてみるかと、料理好きの加代にプレゼントでもと訪れた家庭用品売り場にて見つけたのはかき氷マシンだったが、突然食べたくなって、それを買った。家に持ち帰って、早速二人で氷を削っていたら、加代は珍しくはしゃいで雄太の背中とTシャツの間につかんだそれを入れた。頭に来たので彼女にも同じことをしたら、もう止まらなくなった。止めて止めてという歓声が悲鳴に変わっても止められなくて、彼女の体は、ほとんど氷漬け状態になって凍えた。冷凍保存してやる、なんて、どうして思いついたのか解らない。そのまま欲情して床に押し倒してあれこれしている内に、彼の体も凍りそうになり、見詰めると見詰め返されたまま動けない。とんだおやつの時間になっちゃったわね。ようやく震える唇で彼女は言った。生きていた。当り前だけど。あれ、じゃあ死んだのは誰だっけ。ああ、阿部だった。暴走族仲間だった奴らの喧嘩に巻き込まれて死んじゃったんだ。ついてねえな。

　すっかり濡れてしまったシャツを脱いで放心した様子の何がおもしろいのか、加代がいつまでも、自分をながめている。なんだよ、と目で問いかけると、タオルを持って来てちょうだいと言う。命令するのか、このおれに、と少しばかり驚いた。瞳が潤んだように見えるのは、汗が目に入ったせいなのか、それとも溶けた氷のせいなのか。彼女は泣かない女だから涙なんてことはないだろう。

一緒に仕事してた奴が死んだんだけど、どっかで喪服借りて来てくんないかなあ。洗面所の戸棚を開けてタオルを出しながら言う。えー？　誰が亡くなったのお？　間のびした声に苛々しながら、おまえの知らねえ奴だって——と言いかけて、タオルの間に箱を見つけた。これって、これって、もしかしたら、あの妊娠判定薬ってやつじゃないのか。年齢的に無理って言ってなかったか、大嘘つき。正直な人は憎めないって言う人間に正直もんはいないって、そんなこと、初めて知った。

雄太と寺内は、中川に頼まれて、渋々阿部の葬儀に出席した。親しく口をきいていたのが彼ら二人だけだからという理由に、寺内は吹き出した。確かに、阿部は自分たちにとっての友人とは言えなかったが、その態度は、あまりにも不謹慎だろうと、雄太は感じた。

「きみにも、不謹慎なんて概念があるんだ。おもしろいね」

雄太の咎めるような物言いに、寺内は、そう返した。そう言えば、生まれて初めて、そんな言葉を使った気がする。だから、葬式や結婚式は嫌なんだ、と雄太は思った。まったく似合わないことをさせやがる。似合わないと言えば、この喪服だってそうだ。この暑い最中に黒い服。紫外線をたっぷりと吸い込んで汗をかかせる。一緒に焼香の列に並ぶ寺内を見ると、彼は涼し気にたたずんでいる。仕事中に着ている作業着や七分より、黒いスーツの方が余程似合っている。儀式向きなのか。

焼香の後、出棺を待ちながら、二人は出席者を見物していた。黒髪率が異常に少ないという寺内の言葉に、雄太も思わず笑ってしまい、通りかかった関係者ににらまれた。

「しかし呆気ないもんだよなー。あんなに危なっかしい仕事のやり方してても落ちたりしなかった奴が、自分で仕掛けた訳でもない喧嘩で死んじゃうなんてよお」

「いいじゃない。あんなに誰かれかまわず殺してやる、殺されてえか、とか言ってたんだもの。念願が叶ったってことじゃない？」

雄太は、寺内の言う意味が解らず、訝し気に彼を見た。視線に気付いた彼は、肩をすくめた。

「彼の世界は失くなった。つまり、彼は、世界じゅうの人を殺しちゃったのと同じでしょ？」

「前におまえが言ってたのってそういうこと？　いつも変なこと考えるなあ」

「哲学の基本でしょ？」

「ほんとかよ？」

　寺内は答えずに、しばらくの間、無言で雄太を見詰めた。口角が上がっている。でも、笑顔じゃない。雄太は困惑した。こんな表情誰かもしてた。それもひとりじゃない。ようやく何かを捜し当てたとでもいうような確信に満ちた瞳。その焦点の結び方は、自分を怖気づかせる。

「何、人の顔、じろじろ見てんだよ」

「喪服、似合ってるなって思って」

「嘘だろーっ!?　おれなんか場違いだよ、こんなの着て、ここにいるの」

「そぐわないって、可愛いじゃないか。ぼくは、たぶん、似合い過ぎてると思うんだ」

　確かに。でも、今日、一番似合ってるのはあいつらだ。雄太は、参列者たちを見た。皆、泣いている。友達なんだ。

　出棺が終わり、雄太と寺内は、葬儀場の外に出た。目の前を暗くするような陽ざしに、たまらなくなり、雄太は上着を脱いだ。

「どっかでビールとか飲んでかねえ？」

雄太の誘いに、寺内は首を左右に振った。

「ぼくは、このまま帰るよ」

「え、なんで？　いいじゃん、このまま帰っていいって中川さん言ってたし。あ、彼女んとこでも行くの？」

冷かすような雄太の口調に、寺内は不思議そうな表情を浮かべた。

「そんな人、いないよ」

「えー？　ほら、字が綺麗とか言ってた」

「ああ」寺内は思い出したらしく、相槌を打った。

「母のこと？　もう、とうに亡くなったよ。確かに遺書の字は綺麗だったけどね」

そう言って、寺内は立ち去ろうとした。雄太が追いかけようとすると、土建組合の仲本さんにつかまり、阿部の思い出話を聞かされる破目になってしまった。阿部は仲本さんの紹介で働き始めた知人の息子だったという。雄太は耳を傾ける振りをして、寺内の後ろ姿を目で追った。寺内は、一瞬立ち止まり、振り返って雄太を一瞥して、そのまま人混みに消えた。待てよ、おまえ‼　雄太は心の中で叫んだ。今、饅頭、食ってる時と同じ顔してたろ。おい、待て、こら。

汗だくになり疲れ切って家に戻ると、薄暗い部屋の中で加代が昼寝をしていた。ソファに横になり、心地良さそうな鼾《いびき》をかいている。そう言えば、今日は休みの日だったな、と雄太は思い出す。彼女を起さないように、何か冷たいものを飲もうと、台所に行き冷蔵庫のドアを開けた。切ってある西瓜を見つけたので、それを取り出して、居間に戻った。ソファの前の床に腰を降ろし、かぶり付く。冷たくてうまい。種を飛ばしながら一心不乱に食べる。やっぱり西瓜はこう食わなきゃ。たれた汁を拭おうとポケットを探る。白いハンカチがある。葬式用に加代が用意したものだ。口に当てた後、ふと思いつき、広げて、彼女の顔にかけてみた。そして、ながめる。長いこと、ながめる。付いたばかりの赤い染みが、寝息と共に、いつまでもいつまでも上下している。

この名作群は私が選んだものではありません

解説
高原英理

このアンソロジーは編者が収録作品を決定したものではなく、私高原が尊敬し愛する作家の方々にお願いし、ご自身にとって最も望ましい作品を決めていただいたものである。

これまでいくつかアンソロジーを編んできて、ほぼどれもありがたい反響をいただき、よい仕事をしたと自負もしているが、ただ、ときに内心忸怩たる思いがないではなかった。どこまでいってもこの自分の視点からしか見られないことの無念である。自分のまるで考えもしなかった視界を開く方法はないか。

こうして当アンソロジーのプランは生まれた。参加していただける個々の作家自身の決定にお任せする。それは私などの狭い先入観を裏切って思いもよらない豊饒な結果を生むだろう。ご覧いただきたい。

ただ、全く題名なしでの作品集ということが難しく、そこで、どのようにでも解釈できる緩いものとして『深淵と浮遊』というひとまずの題名を考え、方々にお伝えした。

これは以前、「ブルトンの遺言」という短篇を発表したさい、もしこれを世にアピールするなら「深淵と浮遊」というコピーが使えるのではないか、という思いつきから出ている（なお、私は小説が本業である）。「ブルトンの遺言」は「早稲田文学」誌の「特集 快楽の館」二〇一六年冬号に掲載された。この号は篠山紀信の写真とともに小説を掲載するという特集で、「快楽」もしくは「反快楽」にかかわる小説を、として依頼された。ただし執筆中、特定の写真を意識したわけではなく、また掲載時の写真も予め決められていたのではなかった。ほぼ制約がないと同じだったので、当時心にあった「無意識の深淵に生きるための現実的技術革新による意識の浮遊」という発想をそのまま書いた。

思いつきのコピーなのだから、それがテーマとして作品を規定するものではないし、後付けで「そう言われればそんな気もする」くらいに受け取られればよいのである。

深淵に傾くことも浮遊に向かうことも、またその両方を含むことも自由であるとお伝えした。また実のところ、この題名にこだわる必要はなく、心のままに自作を選んでいただければよいので、そこは融通無碍にとお願いしたつもりである。

結果として、これだけの魅力的な作品が集まったのは、制作意図をご理解いただけたことも含め、大変ありがたいことと思う。しかも小説のみにとどまらず、短歌、エッセイ、あるいは経典の随想的評釈まで収録できたことをめでたく思う。
なお収録順序も私の意図には関係せず、作家名の五十音順によった。

今回ばかりは私が呼びかけただけであって作品収録にコンセプトはおろか判定もルールもない。ゆえに私はただ喜び感嘆するのみである。
その感嘆を以下にいくらか記すことにする。特に精緻な分析というのはないので失礼、また以下、敬称略で失礼します。

伊藤比呂美「読み解き『懺悔文』　女がひとり、海千山千になるまで」

偶然ながらこの作品が最初にくるのは何かある気がする。詩人伊藤比呂美が仏教の経典を読みつつ自らの来し方を振り返り、かつ経典の解釈を伝えるという『読み解き「般若心経」』からその最初の章をいただいた。これは本文にあるとおり『懺悔文』についてだが、「懺悔《さんげ》」というおそらく最も人の心に食い入る営みの紹介から自身の不実不義理を次々と語ってゆく様が読み手を圧倒する。だが要所要所にまろやかなおかしみがあり、ただ自虐的な告白なのではない。懺悔されてゆく内容は実際には驚くべき修羅の生でもあったのだろうが、この緩やかさのおかげでどこか普遍的な、神話のなかの出来事のようにも思えてくる。ときに厳しくあるにもせよ、仏教的発想がこれほど世に広まったのはこの、よくないなあ、仕方ないなあ、それで懺悔します、激しく悔いています、どうもすんません、それじゃまた、といった緩し／許しの感によるのではないかとも思う。

伊藤比呂美は一九七〇年代末から八〇年代の「現代女性詩人」の先端にいたように私には記憶されている。その詩にはいつも八方破れに開かれる感があり、いわばためらいのなさに驚いた。その後、伊藤は育児に関するエッセイでもよく知られるところとなる。また愛犬の生死を綴った『犬心』という著作が私には忘れがたい。さらにその後は説教節をモティーフにした作品、古典の解釈、とりわけ仏典・仏教説話の解釈と鑑賞を多く公刊する。その思い切った修辞の妙とともに、地理的にも目眩く遍歴、通常の人の十倍くらいの経験を持つ、文字通り海千山千の人として私には仰ぎ見られる。

小川洋子「愛犬ベネディクト」

愛犬というが、ブロンズ製のミニチュアの犬である。そこはわかる。またそのために妹がドールハウスを作り、それが拡大してゆくというのもわかるのだが、その先の展開では徐々に妹もおじいちゃんもまた「僕」も、その存在が怪しくなり始め、決定不能の余白のような部分が増え、ひとつひとつの手触りは確かなのに、やや離れると夢のように心許ない。もしかしたら、いや、そうではなく、という躊躇いが、幼少年時の心細さを再来させてくるようで、話の辻褄よりもこの揺らぎを感じ取ることがこの小説を読むということなのだな、と知る。映画とともに作中何冊かの本が名指され、その選択がまたうまい。

小川洋子は初期の頃、世界への冷たく鋭い棘をよく感じさせた。それが徐々に、柔らかい中の不穏さを巧妙に手渡すような作風に変わる。同時に、白色に象徴される消滅への静かな願望の伸長がいくつも作品化された。こうして邪悪と無垢が背中合わせのように成り立つ世界が成立する。だがさらにそれだけで終わらず、『博士の愛した数式』で意外なポピュラリティを獲得して今に至る。不穏を描く作家であることは一貫して変わらない。だが一方で愛らしいもの可憐な存在へのいつくしみを語らせると皆が陶然とする、そんな幅の広い作家として現在の小川はある。

多和田葉子「胞子」

きのこさんという名から「胞子」という題名との関連は明らかだが、といって、実際の菌類についての小説ではなく、内容と「胞子」という語とが微妙な比喩的関係にあるところがよい。頻出する言葉の変形や一部欠落による意味の変容と、本来はなかった含みの加わりとによって、明確であるかに見えた世界があちこち損なわれてゆき、それは語り手の意識をも侵食する。その具合がなるほど菌類の静かな繁茂のようである。そこでは、言葉への、思いもよらない音節の区切りや同化によって、直線的にはとらえられない、たとえば「見消《みせけち》」のような効果があらわれる。「見消」とは古い文献などに訂正を書き入れるとき、わざと該当の元の部分がわかるよう示しつつ書き加える方法を言う。世界の意味はこうして複線的多重的になってゆく。それは語り手個人の意識には壊滅をもたらすかもしれないが、森の茸群のやみくもな生長のように合目的的でない意味の増殖の祝福を思わせる。

当作品でもそうだが、多和田葉子は言い間違いや聞き違えを故意に用いて物事を異化してしまうことに長けた作家だ。またそれは他者との関係性についても発揮され、そうではなかった形、これまで思考されてこなかった形を描こうとする。言語表現は、洗練されてゆけばゆくほど、統一的で統制的になりやすいが、多和田はその狭め方を嫌うのだろう。あるいは、綺麗に纏まってゆく言葉と関係性を前に、関西で言うところの「いちびり」（ふざけて無茶なことを言い行う事）をかましてやらないと気がすまないのだろうと思う。いずれにも表現という行為の原初的な動機が生きていて、その意味でおそらく先々決して枯れることのない作家だと思う。

筒井康隆「ペニスに命中」

主人公を自称「パラフレーズ症」（他者から見れば認知症とほぼ変わらない）ということにしておいて、支離滅裂な何をやっても、彼はすぐ記憶が途切れるから、というアリバイを得る、という戦略である。とはいえ彼は意識が一貫していないだけで個々の場では意外に鋭く、知識教養は常人を上回っていることがわかる。それが、フロイトの言い方で言うなら「超自我」の命ずる方向を徹底して排し、常に「その場の思い付きと欲望」に忠実に行動することで混沌を招来し、かつ、笑いを発生させる。アナーキーとはこういうものと思わせるが、といって、無意味なのではなく、何かわれわれがやれないことを全部やってくれているという爽快感がある。いわば彼は超人なのである。

筒井康隆は日本SF創成期以来のパイオニアであるばかりでなく、一九八〇年代くらいからは日本の純文学に本格的なフィクション優位性をもたらした功労者とも言える。しかし、その頃、当時の「ポストモダン批評家」の中には、それを正当な文学として評価しようとしない人々がいたことが私の記憶にある。それというのは、SFという「サブカル」にいた作家が純文学というハイカルチャーに加わってくることを彼らが「下剋上」と捉えたからではないだろうか。その彼ら自身はジャンルの壁にこだわらない「クロスオーバー」をさかんに主張することで権威に惑わされない「リベラル」を標榜していたはずだが。むろん個々の批評家にはそれぞれ功績がある。しかし、ポストモダンといいニューアカデミズムといいながら、筒井の作品を雰囲気的に否定していた人たちがいたとすれば、フローベールが風刺した時代から変わらないスノビズムと権威主義が温存されていたことになる。幸い、時代が移るにつれ、今では、日本で言うところの「ポストモダン」は老人の郷愁程度の意味になった。そして受難の中、断筆を挟みながらも書き続けた筒井康隆は文豪となった。

古井由吉「瓦礫の陰に」

敗戦と都市焼失の後、焼跡というすべてがご破算になった場では、まるで無関係な男女が不意に交わってはすぐ別れてしまうという、そんなこともあったかも知れない。だがその虚実はもうどうでもよくて、緊迫と虚脱の同時進行する空間でそれ自体迷路のように行き来する言葉と記憶のアラベスク、とこんなふうに軽薄に語らされてしまう、そしてそういうキャッチフレーズ的な紹介をさせられてしまう自分への嫌悪も込めて、ともかくこの作品を読んでいる間だけがすべてである。古井の作品は常にそうで、息をこらして言葉の行方を追い続けるそのためにだけあると私には思えてならない。ひとつひとつの語りはリアルであり切実である。のだが、僅かな反りが延長とともにいずれ途方もなく拡大するように、読み終える頃には何か見たことのない所に来てしまったような印象を得る。

古井由吉は初期の頃からきわめて微妙なそして言語優位なセンスがあって、たとえば、山の稜線が重さのバランスを保っていてその傾きに押されてしまう、といったような、心の盲点とでもいうべきところを突く表現によって文学ならではの魔術的圧倒を可能にする。それは巧緻な迷信のようなもので、一度囚われると逃れるのが難しい。しかも中期からは仏教説話や韻文を契機として、どこまでゆくのだろうと思われるような麻薬的な術を我が物にした。私にとって古井という作家はそうした唯一無二の術使いである。

穂村弘「いろいろ」

他の方々はそれぞれ一作品という選び方となるが、歌人でかつエッセイストとして知られる穂村弘の場合は、当人の意向で短歌と短い散文とを一定内に収まる形とした。先に、短歌と散文というプランでもよいし短歌だけでもよいがどうか、という問い合わせがあったので、折角ならば是非とお願いした次第である。その結果を題して「いろいろ」となった。短歌の組み方が散文と異なるため、多めのページをとっているが字数的には他とあまり変わらない。このように穂村の短歌、詩的散文、エッセイそして批評のエッセンスまでが一挙に読める機会は初めての試みで、深く（深淵）かつ軽妙（浮遊）な穂村弘入門になっていると思う。それらすべてに共通する特性は、言語によって生じる不意の眩暈、である。

穂村弘の、特にその初期の歌の一九八〇年代的な輝き、アメリカ風な都会性、といったところから、短歌に馴染みのない人には思いもよらないことかも知れないが、彼は前衛短歌の旗手として知られる塚本邦雄の重厚な歌群を知って短歌を始めた人である。ただし塚本特有のヨーロッパ的耽美的道具立ては一切用いることなく、詩的レトリックの斬新な組み合わせ方法だけをそこから学んだ。初期は時代の空気もありまた「ニューウェーブ」という当時の短歌の新しい潮流の代表的な一人とされたこともあり、最も新しくクールな歌人と受け取られていたが、飽くまで歌壇内での名声である。それが一般にも知られることとなったのはエッセイを発表するようになってからで、以後穂村は多大の人気を得る。だが、収録作「共感と驚異」にあるとおり、当人の望むところは飽くまでも「驚異」の絶えざる提示であり、ポピュラリティの原理である「共感」の拡張ではない。ここが穂村にとってのおそらく生涯の問題だろう。

堀江敏幸「のぼりとのスナフキン」

堀江敏幸の作品は小説とエッセイのどちらにも読めるものがいくつもあるが、当作はエッセイと分類してよいだろう。作者と等身大の語り手が目にし想起するものから自身を顧みつつひとつひとつ考えを進めてゆく過程を読む喜び、というのは最初の著作『郊外へ』から変わらない。ここでは定住から遠ざかることへの憧れと諦念が誠実な認識とともに語られる。北欧の特異なフェアリーランド、ムーミン谷が定住と漂泊の共存を可能にするそのバランス、しかもそれが異文化に移入されるときの変容、絵本の記憶、それらを語り手が現在目にする場所からおもむろに語り始める当作品は大変複雑な構築物に思える。ただし語り手が家を愛しつつ無住に惹かれるように、ここには、巧緻な構築を成しながらそれをやってしまう自己への含羞が読み取られても来る。

堀江敏幸を読むことは右に記したように繊細な意識の彷徨をともにすることである。それはパリの郊外であっても雪沼とその周辺であっても私鉄の駅であってもあるいは外国からの手紙が起点であっても同じで、ときにためらい、ときに諦め、ときに自らも不明な衝動から探求にのりだす。読者はその、厚かましさのまるでない、かつ強固な知を頼りつつ、半ば想像に足を踏み入れながらぶらぶらと時間を費やす。これが文学なんだなあ、と閑を愛しつつ、である。

町田康「逆水戸」

ご存じ水戸のご老公と助さん覚さんのゆくところ、例外なく正義は実現される、という物語をわざわざ醒めた目で裏切って、一見悪者に見えても実の所正当な言い分があったり、物語なら悪代官のはずがごく実直な役人だったりと、何かこう後ろから膝かっくんをされるようで、へなへなしながら笑えてくる。そうだよなあ、現実は、と時代も違い、見たこともないのにひどく納得しつつ、そもそもの水戸黄門物語の異常さが浮き彫りにされてゆくのだが、後半になるとそれも浮き彫られすぎて途方もないところまで行ってしまう。冒頭「誰もがむやみに人を殴りたくなるような貞享三年四月。」というあんまりな表現もここまでくると伏線のように生きてくる。「なにやってんだまったく。」で終えるところも見事な着地で、ほんとなにやってんだ。

町田康は、お約束で決まっているようなことをわざわざなぞりながら「でも本当ってそうじゃないだろ」と、ふとこちらを向いて言う怖いところがとても魅力的で、それゆえか表現がしばしばまるでリアリズムではないのに、不思議と現実の過酷さと決定できなさを実感させるものとなる。そうだ現実は私たちが操作できるものではないのである。また一方、一見ノンシャランな口調で微細な心の襞を弄られると、痒いような心地でしかし笑わずにはいられない。一度好きになった漫才師や落語家の癖を癖ゆえに忘れられないように、町田の言葉の身振り振る舞いを読者はもっと、もっとだ、とねだり、気前の良い町田は、そらどうだ、これはどうだ、とエスカレートし続ける、そんな饗宴の場が町田の文学である。そこには無残な直視と柔らかいまなざしとが同時にある。

山田詠美「間食」

食べものについて多く語りつつ、食にたとえられる関係性があるとするなら、主となる食と間食とがあるだろう、というそんなニュアンスの題名のようで、「強制されるとおやつって食べたくなくなっちゃうんだよね」という台詞もある。性愛とともに人の魅力の成り立ちをたとえたとも言える。中心的視点の人物である雄太はあまり厳密にものを考えることを好まず、しかし、人生のあるいは性の勘所のようなものは抜かりなく心得ているように見える。死、溢れる、可愛がられる、字が綺麗、……、とさまざまに言葉が舞いながら、知識人ほどには言語的に生きていない主人公を精密に言語化しているところが技である。彼には現在の気分が優先されるので、未来は知れない。案外のほほんとそれほど不幸にはならないかも知れない。だが、このような小説を読むと、もともと人間関係というものが決して安泰ではないのだ、常に危ういバランスの上にあるものなのだ、という気がしてくるのはところどころに潜む死のイメージによるだろうか。主人公は鳶職で、いわば死と隣り合わせにおり、実際に同僚の一人が唐突に死ぬのだった。

山田詠美は八〇年代からいつも陽のあたる所にいる作家だったという印象が私にはあるが、その反面、いじめや嫉妬に代表されるような暗く隠微なものを入念に言語化してきた人でもある。そのさいの、論理性や倫理にからめとられない言語化ということが重要で、たとえば八〇年代的なスタイリッシュさをも、ふわふわした感受性をも、山田はその言いようもなさまで含め、巧みに語った。切なさや悲しみだけでなく、最も語りにくい幸福をもだ。その手腕は今も新鮮である。

底本一覧

伊藤比呂美「読み解き『懺悔文』女がひとり、海千山千になるまで」
／朝日文庫『読み解き「般若心経」』二〇一三年
小川洋子「愛犬ベネディクト」／新潮文庫『いつも彼らはどこかに』二〇一六年
高原英理「ブルトンの遺言」／国書刊行会『エイリア綺譚集』二〇一八年
多和田葉子「胞子」／講談社文芸文庫『飛魂』二〇一二年
筒井康隆「ペニスに命中」／新潮社『世界はゴ冗談』二〇一五年
古井由吉「瓦礫の陰に」／新潮社『やすらい花』二〇一〇年
穂村弘「いろいろ」
「シンジケート」「こわれもの」「桃から生まれた男」「瞬間最大宝石」「犬」「冬の歌」
／沖積舎『シンジケート』二〇〇六年
「手紙魔まみ、夏の引越し（ウサギ連れ）」「手紙魔まみ、完璧な心の平和」「手紙魔まみ、ウエイトレス魂」／小学館文庫『手紙魔まみ、夏の引越し（ウサギ連れ）』二〇一四年
「奈良と鹿」／文春文庫『にょにょっ記』二〇一二年
「シラタキ」／河出文庫『求愛瞳孔反射』二〇〇七年
「来れ好敵手」「トマジュー」「共感と驚異」「共感と驚異・その2」「共感と驚異・その3」／講談社文庫『整形前夜』二〇一二年
堀江敏幸「のぼりとのスナフキン」／新潮文庫『おぱらばん』二〇〇九年
町田康「逆水戸」／講談社文庫『権現の踊り子』二〇〇六年
山田詠美「間食」／文春文庫『風味絶佳』二〇〇八年

深淵《しんえん》と浮遊《ふゆう》 現代作家自己《げんだいさっかじこ》ベストセレクション

高原英理《たかはらえいり》 編《へん》

二〇一九年一二月一〇日第一刷発行

発行者――渡瀬昌彦

発行所――株式会社 講談社

東京都文京区音羽2・12・21 〒112-8001

電話 編集(03)5395・3513

販売(03)5395・5817

業務(03)5395・3615

デザイン――菊地信義

印刷――豊国印刷株式会社

製本――株式会社国宝社

本文データ制作――講談社デジタル製作

定価はカバーに表示してあります。

講談社文芸文庫

ISBN978-4-06-517873-7

金達寿	金達寿小説集	廣瀬陽——解／廣瀬陽——年
木山捷平	氏神さま|春雨|耳学問	岩阪恵子—解／保昌正夫—案
木山捷平	井伏鱒二|弥次郎兵衛|ななかまど	岩阪恵子—解／木山みさを–年
木山捷平	鳴るは風鈴 木山捷平ユーモア小説選	坪内祐三—解／編集部——年
木山捷平	落葉|回転窓 木山捷平純情小説選	岩阪恵子—解／編集部——年
木山捷平	新編 日本の旅あちこち	岡崎武志—解
木山捷平	酔いざめ日記	
木山捷平	[ワイド版]長春五馬路	蜂飼 耳——解／編集部——年
清岡卓行	アカシヤの大連	宇佐美 斉—解／馬渡憲三郎–案
久坂葉子	幾度目かの最期 久坂葉子作品集	久坂部 羊—解／久米 勲——年
草野心平	口福無限	平松洋子—解／編集部——年
窪川鶴次郎	東京の散歩道	勝又 浩——解
倉橋由美子	スミヤキストQの冒険	川村 湊——解／保昌正夫—案
倉橋由美子	蛇|愛の陰画	小池真理子–解／古屋美登里–年
黒井千次	群棲	高橋英夫—解／曾根博義—案
黒井千次	たまらん坂 武蔵野短篇集	辻井 喬——解／篠崎美生子–年
黒井千次	一日 夢の柵	三浦雅士—解／篠崎美生子–年
黒井千次選	「内向の世代」初期作品アンソロジー	
黒島伝治	橇|豚群	勝又 浩——人／戎居士郎—年
群像編集部編	群像短篇名作選 1946～1969	
群像編集部編	群像短篇名作選 1970～1999	
群像編集部編	群像短篇名作選 2000～2014	
幸田文	ちぎれ雲	中沢けい—人／藤本寿彦—年
幸田文	番茶菓子	勝又 浩——人／藤本寿彦—年
幸田文	包む	荒川洋治—人／藤本寿彦—年
幸田文	草の花	池内 紀——人／藤本寿彦—年
幸田文	駅|栗いくつ	鈴村和成—解／藤本寿彦—年
幸田文	猿のこしかけ	小林裕子—解／藤本寿彦—年
幸田文	回転どあ|東京と大阪と	藤本寿彦—解／藤本寿彦—年
幸田文	さざなみの日記	村松友視—解／藤本寿彦—年
幸田文	黒い裾	出久根達郎–解／藤本寿彦—年
幸田文	北愁	群 ようこ—解／藤本寿彦—年
幸田露伴	運命|幽情記	川村二郎—解／登尾 豊——案
幸田露伴	芭蕉入門	小澤 實——解

▶解=解説 案=作家案内 人=人と作品 年=年譜を示す。 2019年12月現在

講談社文芸文庫

幸田露伴 ―蒲生氏郷｜武田信玄｜今川義元　西川貴子―解／藤本寿彦―年
幸田露伴 ―珍饌会 露伴の食　南條竹則―解／藤本寿彦―年
講談社編 ―東京オリンピック 文学者の見た世紀の祭典　高橋源一郎-解
講談社文芸文庫編-第三の新人名作選　富岡幸一郎-解
講談社文芸文庫編-追悼の文学史
講談社文芸文庫編-大東京繁昌記 下町篇　川本三郎―解
講談社文芸文庫編-大東京繁昌記 山手篇　森 まゆみ―解
講談社文芸文庫編-『少年倶楽部』短篇選　杉山 亮―解
講談社文芸文庫編-『少年倶楽部』熱血・痛快・時代短篇選　講談社文芸文庫-解
講談社文芸文庫編-素描 埴谷雄高を語る
講談社文芸文庫編-戦争小説短篇名作選　若松英輔―解
講談社文芸文庫編-「現代の文学」月報集
講談社文芸文庫編-明治深刻悲惨小説集 齋藤秀昭選　齋藤秀昭―解
講談社文芸文庫編-個人全集月報集 武田百合子全作品・森茉莉全集
小島信夫 ―抱擁家族　大橋健三郎-解／保昌正夫―案
小島信夫 ―うるわしき日々　千石英世―解／岡田 啓―年
小島信夫 ―月光｜暮坂 小島信夫後期作品集　山崎 勉―解／編集部―年
小島信夫 ―美濃　保坂和志―解／柿谷浩一―年
小島信夫 ―公園｜卒業式 小島信夫初期作品集　佐々木 敦―解／柿谷浩一―年
小島信夫 ―靴の話｜眼 小島信夫家族小説集　青木淳悟―解／柿谷浩一―年
小島信夫 ―城壁｜星 小島信夫戦争小説集　大澤信亮―解／柿谷浩一―年
小島信夫 ―[ワイド版]抱擁家族　大橋健三郎-解／保昌正夫―案
後藤明生 ―挾み撃ち　武田信明―解／著者―年
後藤明生 ―首塚の上のアドバルーン　芳川泰久―解／著者―年
小林 勇 ―惜櫟荘主人 一つの岩波茂雄伝　高田 宏―人／小林堯彦他-年
小林信彦 ―[ワイド版]袋小路の休日　坪内祐三―解／著者―年
小林秀雄 ―栗の樹　秋山 駿―人／吉田凞生―年
小林秀雄 ―小林秀雄対話集　秋山 駿―解／吉田凞生―年
小林秀雄 ―小林秀雄全文芸時評集 上・下　山城むつみ-解／吉田凞生―年
小林秀雄 ―[ワイド版]小林秀雄対話集　秋山 駿―解／吉田凞生―年
小堀杏奴 ―朽葉色のショール　小尾俊人―解／小尾俊人―年
小山 清 ―日日の麵麭｜風貌 小山清作品集　田中良彦―解／田中良彦―年
佐伯一麦 ―ショート・サーキット 佐伯一麦初期作品集　福田和也―解／二瓶浩明―年
佐伯一麦 ―日和山 佐伯一麦自選短篇集　阿部公彦―解／著者―年

講談社文芸文庫

高原英理・編
深淵と浮遊　現代作家自己ベストセレクション
解説＝高原英理
たＡＬ１
978-4-06-517873-7
伊藤比呂美、小川洋子、高原英理、多和田葉子、筒井康隆、古井由吉、穂村弘、堀江敏幸、町田康、山田詠美。現代文学最前線10人の「自己ベスト作品」を集成！

江藤　淳・蓮實重彦
オールド・ファッション　普通の会話
解説＝高橋源一郎
えＢ９
978-4-06-518080-8
一九八五年四月八日、日本を代表する批評家が初対峙する。文学、映画、歴史、政治から、私生活に人生論まで。ユーモアとイロニー、深い洞察に満ちた、歴史的対話篇。